光文社文庫

私の嫌いな探偵

東川篤哉（ひがしがわ とくや）

光 文 社

目次

死に至る全力疾走の謎

1

関東地方の海沿いのどこか遠くに確実に存在する街、烏賊川(いかがわ)市――

烏賊川の流れに沿って発達した中心街。そのＪＲだか私鉄だかハッキリしない駅の裏には、《再開発寸前》と十年前から噂されるごちゃごちゃした一帯がある。そして、その一角には、これまた十年前から《倒壊寸前》と噂されるオンボロ雑居ビルが存在する。『黎明(れいめい)ビル』という名を持つ五階建てのそのビルは、建設当時はその名のとおり東の空に黎明を望むことも可能だったのかもしれない。だがいまや、そのくすんだ建物は林立するビルの中に埋もれた存在である。

そんな黎明ビルの最上階、眺望抜群とはいい難い一室には、なぜか優雅なひとり暮らしを満喫中の、うら若き女性の姿。謎多きその女性の名は二宮朱美(にのみやあけみ)という。

年齢は二十代の半ばのどこか。この廃墟まがいの雑居ビルを親から楽々譲り受け、現在その所有者として君臨する美貌の女性。街の者たちは彼女のことを《駅裏のプチセレブ》

とか《再開発通りのマドンナ》あるいは《黎明の姐さん》もしくは《容赦なき家賃回収人》などと、呼んでいたり呼ばなかったり……

　そんな彼女の所有する黎明ビルを、根底から揺るがす大事件が発生したのは、烏賊川の水も温んだ春五月のことだった。ちなみに、《根底から揺るがす大事件》という言い回しは、必ずしも大袈裟な比喩ではない。実際、真夜中に五階建てのビルが僅かに、しかし確実に揺れ動いた——そんな場面から、今回の奇妙な事件は幕を開けたのである。

　二宮朱美はその微かな振動を自室のベッドの上で感じた。同時に「ぶぎゃ！」というような男の声も、ガラス窓越しに彼女の耳へとしっかり届いていた。それは喩えるならば、踏まれた猫の鳴き声のような、あるいはうっかり猫を踏んだ男の声のような、そんな感じの叫び声。

　では、なぜ男の声から猫を連想したのかといえば、たぶんその声が駐車場のほうから聞こえたからに違いない。黎明ビルの駐車場には太った三毛猫が住み着いていて、朱美も幾度となくその巨体を踏みそうになった経験があるのだ。

「でも、猫を踏んだところで、ビルが揺れるわけないか……」

　揺れは一瞬。地震ならば《震度1》か、それ以下だ。気にする必要はないのかもしれないが、いや、待てよ。いくら倒壊寸前のオンボロビルとはいえ、仮にも鉄筋コンクリートの五階建て建築だ。まあ、鉄筋の数が耐震基準を満たしていない可能性は充分考えられるが、それにしても生半可な衝撃ではピクリともしないはず。

「てことは、生半可じゃない衝撃が加えられたってことよね……けれど、生半可じゃない衝撃って、いったいなんなの……？」

嫌な胸騒ぎを抑えきれずに、とうとう朱美はベッドから滑り降りた。

時計の針は午前零時を回っている。部屋の明かりを点けないまま、朱美はまっすぐ窓辺に向かった。サッシの窓を開けると、朱美は真下の広いスペースを見下ろした。

四隅の街灯によって薄ら（うっすら）と照らされた空間は、縦横十五メートル程度のほぼ正方形。この敷地には以前、黎明ビルとよく似た建物が建っていたらしいのだが、黎明ビルよりも一足先に《倒壊》したらしく、いまは駐車場になっている。

見渡したところ、停めてある車は数台しかない。中でももっとも存在感を発揮しているのは、可愛げのない黒塗りのベンツ。朱美の愛車である。ベンツの隣には、とある人物が所有する青いルノー。どちらも異状はなく、駐車場は静まり返っている。

朱美はホッと一息ついて、あらためて駐車場と自分のビルとの境界付近に視線を送る。するとと、たちまち彼女の目に奇妙な光景が飛び込んできた。

「あら！　なにかしら……」

朱美は目を凝らし、暗い地面の様子を確認しようと試みる。と、そのとき一階下の住人が、朱美と同じように窓から顔を覗かせて、真下の地面を覗き込む。にょきっと窓から突き出された後頭部にいきなり視界を遮られ、朱美は思わず階下の男に文句をつける。

「ちょっと、鵜飼さん！　いきなり、顔出さないでよね！」

「む!?」男は声の主を捜すように頭を左右に振り、そしてようやく真上にいる女性に気が付いた。「やあ、朱美さんか。君とこの恰好で会話を交わすのは初めてだな」

想像するに、四階の窓辺に立つ彼は真上を向くために、おそろしく無理のある恰好をしているに違いない。窓から落っこちるんじゃないかしら、と朱美は心配になる。なぜならこの鵜飼という男、持って生まれた軽率さのためか、高いところから落ちやすい性質を有している。過去には雪の斜面を滑り落ち、海辺の階段から転がり落ち、崖の上から太平洋へと落っこちた。そんな様々な落下経験を持つ彼の職業はスタントマンである。

いや、違った。私立探偵である。

それが証拠に黎明ビルの四階には『鵜飼杜夫探偵事務所』の看板と『WELCOME TROUBLE！』というキャッチフレーズがこれみよがしに掲げられている。その甲斐あってか、ここ最近、探偵事務所には様々なトラブルが舞い込んでいるが、それは必ずしも彼の商売が繁盛していることを意味しない。タダ働きが多いのも、この探偵の特徴のひとつである。

が、それはともかくとして――いまは彼の頭が邪魔だ。

「ちょっと、鵜飼さん、頭、どかしてくれない！　地面になんか字が書いてあるのよ！」

「はあ、地面に字だって!?　どれどれ」鵜飼は頭を引っ込めるどころか、さらに首を伸ばして、朱美の視界を余計に邪魔する。「うーん、暗くてよく見えないが……むむッ！」

「ね、見えるでしょ……あれはなんていう字……『大』かしら……」

「いや、そうじゃない……あれは人だ……」

「『人』!?　違うわよ……あれは『大』でしょ……」

「違うって、人だって！」

「違わないわよ、横棒があるから『大』の字よ！」

「だから、そうじゃないって！　あれは『大』の字になった人だ！　に・ん・げ・ん！」

「え、人間!?」鵜飼の言葉をようやく理解した朱美は、あらためて真下の光景に目を凝らす。そして朱美は遅まきながら悲鳴をあげた。「あーッ、地面に人が倒れてるぅーッ！」

2

こうしてはいられない。緊急事態を前にした朱美は、さっそく玄関を飛び出した。だが、すぐにまた部屋に戻ると、ラフなピンクのワンピースに衣装替え。寝間着(ねまき)のままでは、あの探偵に笑われそうな気がしたからだ。一分で身支度を整え、十秒だけ鏡を見てから、朱美はようやく部屋を飛び出した。

エレベーターのないオンボロビルでは、階段だけが地上へ繋がる道。彼女はそれを一気に一階まで駆け下りた。ビルの共用玄関を出ると、そのまま隣の駐車場へ。

鵜飼は一足先に現場に到着していた。倒れた男の傍(かたわ)らに立った彼は、ちょうど携帯での通話を終えたところだった。右手で携帯を閉じた彼は、左手に持ったペンライトの明かりを朱美に向けながら、不思議そうに聞いてきた。

「妙に時間が掛かったみたいだけど、なんで？　階段にハードル障害でもあったのかい？」

「なんでって……あたしとあんたの恰好を見れば、一目瞭然だと思わない？」

いわれて鵜飼は自分の姿をチェック。彼はいかにもベッドから起きたまま、といった恰好――格子柄の寝間着姿だった。

なるほど納得、と深く頷く鵜飼をよそに、朱美は地面で『大』の字になった人間のほうに目をやる。それが若い男性であることを、朱美はこのとき初めて知った。

「………」朱美はピクリともしない男の姿に息を呑むと、恐る恐る鵜飼に尋ねた。「ひょ、ひょっとして、この人、死んでるの？」

「いいや、まだ死んじゃいない。まあ、放っておけば、そのうち死ぬかもしれないが、大丈夫。いま電話で救急車とついでに警察を呼んだから、そのうち助けがくるはずだ。――でも、その前に」

鵜飼は探偵としての職業意識を刺激されたのか、倒れた男の傍にしゃがみこみ、ペンライトを頼りに観察を始めた。つられるように朱美も、鵜飼の背後から男の様子を眺める。

見知らぬ男性だった。体格は中肉中背。年のころは二十代後半あたりか。髪は長く、眼鏡は掛けていない。黒い長袖シャツに細身のブラックジーンズ。腰に巻かれた太いベルトが印象的だ。身なりからするとロックシンガーか、それに憧れを抱くファンといった感じにも見える。そんな黒ずくめの彼の中で、唯一、額の部分にだけ鮮やかな色彩が見える。

血のような赤――ではなくて、正真正銘の血だ。男は額から出血していた。

「頭を打ったんだな。下手に動かさないほうがいい。このまま寝かせておこう」

鵜飼の提案に、朱美は即座に同意した。本当のことをいえば、この迂闊な探偵が、それこそ怪我人の身体を《下手に動かして》大変な事態を引き起こしてしまうのではないかと、心配していたのである。鵜飼はそれをやりかねない男なのだ。

とりあえず男の傍を離れた朱美は、まっすぐ真上を見ていった。

「ねえ、鵜飼さん、このビルの屋上から落ちて、この程度の怪我で済むものかしら？」

「ええ!? そんなのは、判らないな。僕もまだこのビルの屋上からは、一度も落ちたことがないからね。僕が最近、高いところから落ちたのは雀の森の崖の上……」

まるで自慢話のように落下体験を語りながら、鵜飼はビルの屋上に目を向けた。

「ふむ、君はこの男があそこから落ちたと考えるんだな。つまり、飛び降り自殺だと」

「だって、このビルから落ちたんでしょ、この人？」

倒れた男と建物の位置関係から考えて、朱美はそう解釈したのだが、

「いや、違うな」と、鵜飼はアッサリ否定した。「怪我の具合から見て、それはないよ。この男、仰向けに倒れていて、額を怪我しているだろ。逆に、後頭部からは出血していないようだ。落下して額を地面に打ったのなら、この男はうつ伏せでなくちゃおかしい」

飛び降り自殺を否定した鵜飼は、代わりに別の可能性を示唆した。

「この男、この場所で誰かに殴られたんじゃないのか。喧嘩かなにか、やらかしてさ」

「なるほど、確かにそう見えなくもないわね……」いったん頷きかけた朱美だったが、すぐに首を左右に振った。「ううん、それも違うわ。鵜飼さん、感じなかった？　さっき、この人の悲鳴が聞こえたとき、ほぼ同時に、この建物が揺れたのを」

「建物が揺れただって⁉　そんな馬鹿な。僕は部屋にひとりでいて、通販で購入した金魚運動マシーンを試していたところだったんだが、そんな揺れは全然感じなかったぞ」

「…………」当然だ。自分が揺れてりゃ気が付くわけがない。「本当に揺れたのよ。一瞬だけど、微かに揺れを感じたわ。あの揺れの正体はなに？　この怪我した彼と無関係じゃないはずよね」

「ふむ、誰かこのビルに恨みを持つ人間がいて、壁に向かって蹴りでも入れたのかな」

そんな軽口を叩きながら、鵜飼はおもむろにペンライトの明かりをビルの壁に向けた。光の輪の中に、くすんだ色のビルの外壁が浮かび上がる。数え切れないほどの、細かいひび割れや汚れが目に付く。そんな中、なぜかそこに鮮やかな赤い染みのようなものが照らし出され、朱美は思わずアッと声をあげた。

「な、なによこれ……血⁉　やだぁ、あたしのビルの壁に血が付いてるー」

真新しいブラウスにカレーの染みを発見したかのように、朱美は身をよじった。

「ほう、確かにこれは血だな。まだ新しいみたいだぞ」

鵜飼は冷静にいうと、さっそく自分の身体と壁の血痕の位置を比較してみる。血痕は直立する鵜飼の、顔ぐらいの高さに付着していた。

「どうやら位置的に見て、この男の額がこの壁に打ち付けられたらしいな。そして、男は額から血を噴いて大の字になって倒れ、壁には男の血液が付着した。そんなふうに見える」

「それって、どういう状況なのよ。ビルの壁に血が付くほど頭を打ち付けるなんて。思いっきり反省でもしたの？『俺はなんて駄目な男なんだぁ』って」

「それで、自分の頭を壁にガンガン打ち付けたってのかい。そんな漫画みたいな奴、いるかよ」

「まあ、そうね。じゃあ、鵜飼さんは、どう考えるっていうのよ」

「そうだなあ」聞かれて、鵜飼も首を傾げる。「例えば、誰かが無理矢理に男の頭を摑んで、それを壁に向かってエイヤと打ち付けるとか……いや、それも結構、難しいかな」

奇妙な状況を目の当たりにして、朱美と鵜飼は揃って口を閉ざす。すると、二人の会話が途切れるのを待っていたかのように、二人の背後から唐突な声。

「あの、すみません、その人、死んじゃったんですか？」

いきなりの問いかけに、驚きながら振り向く二人。目の前には、黄色いTシャツ姿の男がおどおどした様子で立っていた。深夜のバイトを終えた大学生が事件の現場に紛れ込んできた。一見、そんな感じに見えるのだが、わざわざ声を掛けてきたところを見ると、関係者なのかもしれない。そう思った朱美は、初対面の彼にこう尋ねた。

「誰、あなた？　ひょっとして、この人の知り合い？」

すると、彼は勘違いされては迷惑だ、とばかりに顔の前で両手をバタバタ振りながら、

「いえいえ、違います違います。僕は単なるバイト帰りの大学生ですよ」

「あ、そう……」どうやら、見た目どおりの人物だったようだ。「で、その大学生君がなんの用？　見てのとおり、非常事態発生中よ。野次馬なら離れて見ていてね」

「ええ、判ってます。だけど、野次馬じゃありません。僕、見たんです、この目で」

大学生の意外な言葉に、鵜飼がすぐさま反応する。

「ん!?　見たって、なにを見たんだ？　犯人の姿でも見たのかい？」

「いえいえ、そうじゃありません。犯人の姿なんて見てません。ていうか犯人って、なんのことですか。僕が見たのは、そんなんじゃなくて、もっと恐ろしい光景です。ええ、そりゃもう、いま思い出しても身の毛がよだつというか、全身の毛穴が開くというか……」

「へえ。君の全身の毛穴が開くのかい？　それは確かに身の毛もよだつ恐ろしい光景だな」

ふざけないでね、鵜飼さん——朱美は隣の探偵を睨みつけ、自ら大学生に問いかける。

「恐ろしい光景って、なんのことなの？　判るように説明して」

大学生は素直に、「判りました」といって落ち着いた口調で話し始めた。

「そのとき、僕はコンビニでのバイトを終えて帰宅する途中でした。なんとなく喉が渇いたんで、そこの自動販売機で缶ジュースを買ったんです。で、歩道にしゃがみこんで缶ジュースを開けました。僕がしゃがんだ場所からは、車道一本を挟んでこの駐車場がよく見えました。僕はときどき駐車場のほうを見たりしながら、ただぼんやりと缶ジュースを飲んでいたんです。そして、ふと駐車場に視線を移した瞬間——」

すると、大学生は恐怖の記憶が鮮明に蘇ったのか、急にわなわなと震え始めた。

「僕、見たんです。恐ろしい光景を。それは男の人が壁に向かってもの凄い勢いで走っていく姿でした。そりゃあ、もう死に物狂いの全力疾走ってな感じで、相当なスピードです。目撃した僕は、声をあげる暇もありません。男はそのままの勢いで、このビルの壁に正面衝突！　踏まれた猫みたいな悲鳴をあげて、男は壁に弾き返されました。そして、一瞬その場で酔っ払いのようにふらふらっとしたかと思うと、そのまま背中からバッタリと地面に倒れました。すべては一瞬の出来事でした。——ね、怖いでしょ！　恐ろしいでしょ！」

興奮気味の大学生は朱美たちに同意を求めると、決め付けるように叫んだ。

「まさしく自殺の瞬間！　ああ、しかしあんな常軌を逸した自殺手段がこの世にあるなんて、僕は想像もしませんでしたよ！　自分からビルの壁に全力で激突していくなんて！」

テンションの上がった大学生を前に、朱美と鵜飼は眉を顰めながら顔を見合わせた。

「考えられるかな、そんな自殺って？」

「考えられないわ、そんな自殺って！」

首を捻る二人の耳に、どこからともなく救急車のサイレンが聞こえてきた――

3

一夜明けた翌日。朱美と鵜飼は彼女の愛車ベンツに乗って、大学病院へと向かった。朱美は自分のビルに衝突して重傷を負った人物を見舞うため。鵜飼は情報収集、もしくは暇潰しが目的だろう。謎の全力疾走男をわざわざ見舞ってやる義理は、彼にはない。

「いいの、鵜飼さん？　下手に首を突っ込むと、またタダ働きになっちゃうかもよ」

運転席の朱美が心配すると、隣に座る背広姿の探偵は自分の首を指差しながら、

「タダ働きになるか、大仕事になるか、首を突っ込んでみなくちゃ判らないだろ」

と、それらしい言い草。だが、続けて口にした言葉のほうに、彼の本音があるのだろう。

「それに、気になるじゃないか。《目の前の壁に向かって全力でぶつかっていく男》。いったい、どれほどポジティブな男なのか、直接話をして確かめてみたいだろ。君だって、お見舞いなんて口実で、本当は同じ興味を持ってるはずだ。違うかい」

「まあ、否定はしないけど……」その点は、朱美だって好奇心の塊（かたまり）である。

やがて、二人の乗ったベンツは『烏賊川市医科大学付属病院』の正門をくぐる。鵜飼が早口言葉のように、そのチャーミングな病院名を連呼した。「いかがわしいか、だいがくふぞくびょーいん！　いかがわしいか、だいがくふぞくびょーいん！　いかがわしいか……」

同様の行動を取る烏賊川市民は大勢いるので、鵜飼が特別子供っぽいわけではない。朱美は彼の振る舞いをさらりと無視して、車を駐車場に停めた。

朱美の得た情報によれば、昨夜、救急車で病院に搬送された男は、重傷ではあったものの、命に別状はなかったらしい。事実、病院の受付にいくと、面会も可能な状態だという。

朱美たちは売店でそれらしい花束を購入してから、さっそく男の病室に向かった。

三階の、とある個室。白いベッドの上に横たわった男は、昨夜とはうって変わった青い寝間着姿。頭には分厚く包帯が巻かれ、足には痛々しいギプス。見た目はいかにも重傷患者であるが、その表情を見る限り男は元気そうで、話をすることは問題なかった。

男の傍らには、やや派手目の化粧を施した、茶色い髪の女性の姿。奥さんだろうか、それとも恋人？　そんなことを考えながら、朱美は二人の前で深々と一礼した。

お見舞いの旨を伝えると、若い男女の顔が途端にほころんだ。

「やあ、あなたたちが救急車を呼んでくれたんですね。それはお世話になりました」

「お二人の応急処置のお陰で、彼もなんとか助かりました。まさしく命の恩人です」

実際は、応急処置など全然やらないで放置していただけだが、向こうが勝手に恩人と思ってくれるのなら有り難い。朱美と鵜飼は、揃って鷹揚に手を振りながら、

「いえいえ、そんな大したことでは――」

「ええ、当然のことをしたまでです――」

と、さも控えめな善人であるかのように振舞った。そんな朱美たちに、二人は名乗った。

男は中原圭介、職業はバーテンダー。駅裏の『四打数四安打』というバーで働いているそうだ。店名を聞いて、鵜飼はなにか聞きたそうだったが、朱美はそれを目で制した。

一方、女性のほうは高島美香。彼の親しい友人だそうだ。もちろん、友人にもいろいろあるわけだが、単なる見舞い客がそこまで踏み込むわけにはいかない。とりあえず朱美は

いま在る情報を総合的に判断した結果、『二人は彼のバーで知り合い、やがて関係を持つようになり、現在は同棲中』との結論を下した。これは推理ではなく、女の直感である。

ともかく顔合わせが済むと、待ちわびていたかのように鵜飼が質問の口火を切った。

「『四打数四安打』って本当にバーの名前？　景気のいい名前ですねー、いや、まあいいか。ところで、昨夜のことですが、いったいあの駐車場でなにが起こったのか……」

「いや、そのことなんですがね」中原圭介は鵜飼の質問を遮るように口を開いた。「警察にも同じ質問を受けたんですが、実は全然覚えていないんですよ。コンビニに買い物にいこうとして、アパートの部屋を出たところまでは覚えているんですが、それ以降の記憶がまるであやふやで……手ぶらで倒れていたらしいから、コンビニにはいかなかったようなんですが……いったい、自分の身になにが起こったのか、こっちが知りたいぐらいです」

「はあ、一時的な記憶喪失、ですか。頭に強い衝撃を受けた場合には、よくあることだと聞きます。じゃあ、現場を目撃した大学生の証言についても、心当たりはないんですね」

「自分からビルの壁に向かって衝突していった、という例の証言ですね。その話は警察から聞きましたが、まったく心当たりはありません。本当に自分がそんな馬鹿な真似をしたのかどうか……。しかし、その大学生がそれを見たというのなら、確かにわたしは、そういうことをおこなったのでしょうね。自らビルの壁に突っ込むような真似を」

「ふむ」鵜飼は真顔で聞いた。「あなた、なにか、あのビルに恨みを持つようなことは？」

「いいえ、とんでもない」中原は即座に首を振った。「わたしはビルを恨んだことも、ビルに恨まれたことも、いっさいありません。なあ、美香」

「そうです。この人は他人の建物から恨まれるような人じゃありません！」

「なるほど、そうですか。まあ、普通そーでしょうね」と、普通に納得する鵜飼。

だったら、なんでそんな質問したの？　答えるほうも、どうかしてると思うけど。間抜けなやり取りに失望した朱美は、「そんなことより」と彼らの話に割って入った。

「警察は昨夜の出来事について、どういうふうに考えているんでしょうね。事件性があると判断したんでしょうか」

この質問にも中原は「いいや」と首を振った。「警察は事件とは思っていないようです。なにしろ例の大学生の目撃談がある。警察は、『自殺願望のある頭のおかしな男が無茶をやらかした』程度に思っているのでしょう。まあ、そう思われても仕方がありませんが」

「なるほど」と鵜飼が頷く。「確かに警察がそう判断するのも無理はない。彼らも忙しいですからね。自殺志願者の奇行に、そうそう付き合ってはいられないのでしょう」

「…………」自殺志願者と呼ばれて、中原はムッとした様子だった。

「だが、僕の見る限り、あなたに自殺願望があるようには見えない。いや、仮に自殺願望があったとしても、あのような手段は普通選ばない。昨夜の出来事の裏には、なにかがあります。あなただって、それを知りたいと思いますよね。知りたいはずだ。知りたくないはずがない。知りたくないなんてことはないはずですよね。そんなあなたに——」

鵜飼は一枚の名刺を差し出し、仰々しく頭を垂れた。

「御用命の際は、どうかお電話を！」

なんだ、要するに営業活動か。案外、抜け目がないわね——と、朱美はちょっと感心。

だが、受け取った名刺に目をやった中原圭介は、その瞬間、ベッドの上で硬直した。

「う、鵜飼杜夫……探偵事務所……た、探偵だって⁉　あんたが⁉」

震えを帯びた声で、命の恩人を『あんた』呼ばわりする中原圭介。

その表情には明らかな怯えの色が浮かび上がっていた——


そんなこんなで病院からの帰り道。朱美の運転するベンツの車内。その助手席では、鵜飼が中原圭介に対する疑惑の思いを一方的に募らせていた。

「朱美さんも見ただろ。ああいうふうに探偵という単語に敏感に反応するのは、《スネに傷持つ悪い奴》、もしくは《ミステリマニア》、あるいは《スネに傷持つミステリマニア》。この三種類の中のどれかに違いない」

「………」確率からいうと三番目はなさそうだ。「要するに、中原圭介は単なる自殺志願者ではないってことね。それは同感だわ。記憶喪失っていうのも、なんだか嘘くさいし」

「僕もそう思う。間違いなく、彼はなにか重大なことを隠している」

「じゃあ、ひょっとして、自殺だって騒いでた大学生、彼の証言も嘘なのかしら」

「いや、あの大学生が嘘をついているようには見えなかった。だいいち、嘘にしては信憑性がなさすぎる。逆にいうなら、彼の証言は見たままの光景を語っているんだと思う」

「つまり、中原圭介はビルの壁に向かって自ら全力疾走で衝突していった――それは事実なのね。だけど、そんなこと、やろうとしてできるものかしら、実際問題」

そんなことを呟きながら、いつしか二人のベンツは黎明ビルに到着。隣の駐車場にベンツの鼻面を向けた瞬間、朱美の視界に思いがけない光景が飛び込んできた。

「とりゃあああぁぁぁ――ッ!」

駐車場の真ん中。黎明ビルのくすんだ壁に向かって、奇声を発しながら全力で駆け出す若い男の姿があった。単なる自殺志願者ではなさそうだ――

4

駐車場に車を停めた二人は、車を降りるなり、その青年の元に歩み寄った。

「なにをやっているのかな、流平君？　昨夜の奇妙な出来事の再現を試みているのかい？」

「見て判りませんか、鵜飼さん？　僕は昨夜の奇妙な出来事の再現を試みているんですよ」

オウムより鸚鵡返しな口調で、そう答えたのは戸村流平である。彼は『鵜飼杜夫探偵事務所』の一員であり、鵜飼の唯一の部下あるいは手下と呼んでいい存在だ。鵜飼の徹底した指導の成果であろうか、その振る舞いは実に軽率、軽薄、軽はずみ。まさしく探偵の弟子と呼ぶに相応しい特殊な性能を備えた青年である。

そんな流平は気を取り直すと、再びビルに向かって全力疾走。だが壁際であえなく失速。ビルの外壁に緩く身体をぶつけただけで、頭を掻きながら朱美たちの元に戻ってきた。

「で、どうなのよ？　実際にやってみた感想は」

「やっぱ、無理っすね」流平は首を大きく振った。「どうしても壁が目の前に迫ってくると、恐怖心が襲ってきて、自然とスピードを緩めてしまう。そのまま壁に激突なんて正気の沙汰とは思えませんね。つまり、昨夜の男は正気ではなかった。酒でも飲んで正気を失っていたんじゃありませんか。それなら、まあ、なんとかあり得なくもない――」

「そう。だけど、中原圭介は酔っ払ってはいなかったわ。お酒の匂いもしなかったし」

「酒じゃないなら、クスリじゃないっすかね。幻覚症状が出るようなやつ」

「いや、それもないな」今度は鵜飼が否定する。「悪いクスリを使用していたなら、病院の検査でなにか出ているはずだ。その場合、僕らは面会させてもらえなかっただろう」

「なるほど。となると、残る可能性はただひとつ、ですね」

そういって流平は師匠である鵜飼の腕を取り、その場でくるりと一回転。その反動を利用して彼の身体を壁に向かって放り投げた。壁に向かってまっすぐ飛ばされる鵜飼――

「ね！」流平は壁に激突する師匠を眺めながら、満足げな顔を朱美に向けた。「喩えていうならジャンボ鶴田が谷津嘉章を思いっきりロープに振る要領です。つまり、その中原って男は、プロレスラー並みの体力のある男に、壁に向かって放り投げられたんですね。そして大学生は、壁に向かって吹っ飛んでいく中原の姿だけを目撃した。だから、彼の目には中原が自ら壁に激突していくように見えた。そういうことなんじゃありませんか」

だが、そんな流平の仮説に対して、鵜飼が額を押さえながら反論する。

「おいおい、馬鹿いっちゃいけない。そんなことはあり得ないぞ」

「なんで、あり得ないの？」朱美が聞く。「流平君の仮説、結構いい線いってるかもよ」

「いいや、駄目駄目！　だって鶴田・谷津といえば鉄壁の連繋を誇る『五輪コンビ』だぜ。鶴田が谷津をロープに飛ばす、なんてあり得ない。鶴田が阿修羅原を、なら充分考えられるが——え、なんの話かって？　全日本プロレスの黄金時代の話に決まってるだろ！」

「ほら、流平君がいけないのよ、昔のプロレスの話なんかするから、鵜飼さんがふざけて……」

「えー、僕のせいっすかー」不満を漏らす流平。

その腕を今度は鵜飼が取って、その場で一回転。お返しとばかりに、弟子の身体を壁に向かって放り投げる。背中から壁に衝突する流平。鵜飼は荒い息を吐きながら、

「見ろ、朱美さん。こんな目立つ動きを駐車場の真ん中でやりながら、中原圭介の動きだけを目撃して、もう片方の大男の姿を見逃す——そんな馬鹿な話があるものか」

「まあ、確かにそれはそうだけど。じゃあ、鵜飼さんはどう考えるの？」

「僕かい？　僕はいま必死でそれを考えているところさ」

そういう鵜飼は流平の身体をコブラツイストにがっちり固めて、痛めつけている最中である。必死で考えているようには見えない。呆れた朱美は、プロレスごっこに興じる二人

に背中を向け、顎に手を当てて呟いた。

「にしても、困ったわね。こんな妙な事件、きっと街中の話題になるに決まってる。黎明ビルの評判はこれでまたガタ落ちだわ。ただでさえ、廃墟みたいなビルだから、怪奇現象っぽい噂が絶えないってのに……」

「え!?　なんのことですか、怪奇現象って」と背後から流平の意外そうな声。

振り向くと、形勢は一変。反撃に転じた流平が、鵜飼の身体を卍固めに捕らえて、グイグイ締め上げている。青ざめた表情の鵜飼には、言葉を発する余裕も無いらしい。

「怪奇現象じゃないのよ。噂よ、あくまでも噂」

そう前置きしてから、朱美はつい先日耳にした奇妙な噂話について語りはじめた。

「これは近所で酒屋を営む高橋さんが、不思議そうな顔で話してくれたことなんだけど、先日、仕事帰りの高橋さんが夜中、このビルの前を――って、ねえ、聞いてんの!」

返事の代わりに呻き声をあげる鵜飼と流平。業を煮やした朱美は、目の前で卍の形に絡み合った二人の身体を、ハイヒールの右足でドン！　思いっきり蹴っ飛ばした。

わあ、と情けない叫びを上げて、崩れ落ちる鵜飼と流平。アスファルトの上で無様に尻餅をつく男たちの姿を見下ろしながら、朱美は腰に手を当てて叫んだ。

「あんたたち！　いい加減、中学生の休み時間みたいなノリはやめなさいよね！」

朱美を先頭に、鵜飼、流平が黎明ビルの階段を上がっていく。鵜飼は蹴られた尻のあたりを気にしながら、「酷いじゃないか、朱美さん」と不満げな表情だ。

「ふざけたことは謝るが、『中学生の休み時間』って言い方はない。だってそうだろ。流平君が中学生だとすれば、僕はゆうに高校レベルには達しているはずじゃないか」

「あーそーね！」仮にそうだとしても、全然自慢にはならないのよ、鵜飼さん――

朱美は呆れながら、階段の途中で先ほどの奇妙な噂話を再開した。

「酒屋の高橋さんが、仕事帰りにこのビルの前を自転車で通った。そのとき、月明かりの夜空を背景にして、なにか黒い物体がふわふわ浮かんでいるのが見えたんだって。最初は、高橋さん、遠くの空に浮かんだ未確認飛行物体だって思ったらしいわ。だけど、よくよく見ると、結構近くの空に浮かんでるみたい……どうも黎明ビルの真横あたり……」

「へえ」と興味を示したのは流平のほうだった。「このビルの真横ってことは、要するに駐車場の上にぽっかり開いた空間ってことっすね。そこに黒いなにかが浮いていた……それ、ＵＦＯじゃありませんね、たぶん幽霊のほうっすよ」

「どっちも違うわよ！」朱美は流平の発言を一蹴する。

やがて、三人は探偵事務所のある四階へと到着した。だが、鵜飼は足を止めることなく、まっすぐ上を指差して提案した。「せっかくだから、屋上を覗いてみようじゃないか。UFOの着陸した痕跡が発見されるかもだ」

今度は鵜飼を先頭に、朱美、流平の順で階段を上がった。突き当たりに現れた無骨な非常扉を押し開ける。目の前に広がるのは、錆びた鉄柵に囲まれたコンクリートの殺風景な空間。黎明ビルの屋上である。そこに一歩足を踏み入れた瞬間、流平が目の前を指差して叫んだ。

「おお！　見てください、鵜飼さん、ありましたよ、着陸したUFO！」

「おいおい、違うぞ、流平君。それはこのビルの給水塔だ……」

「………」

ひょっとして鵜飼は、この寒い掛け合いがやりたくて、屋上に誘ったのでは？　疑惑のまなざしを送る朱美に、鵜飼はふいに真面目な顔を向けて聞いてきた。

「ところで君は、高橋さんの見た黒い物体の正体を、なんだと思ってるんだい？」

「え!?　それは……」朱美は途端に口ごもる。「さあ、鳥かなにかじゃないかしら」

「鳥はふわふわ空中に浮いていられないだろ。むしろ、人魂かなにかじゃないのか」

「そうかもね。黒い人魂ってものが、この世にあるならの話だけど」

「ふむ、そうか」朱美の皮肉を鵜飼は理解したらしい。「ところで、結局その正体不明の黒い物体は、その後、どうなったんだ？　着陸したのかい？」

「しないわよ。高橋さんがちょっと目を離した隙に、消えてなくなってたんだって」

「なるほど」鵜飼は顎に手を当てた。「一見、どうでもいい見間違いにも思えるが、昨夜の出来事とあわせて考えると、なにか意味がありそうだな。ちなみに、高橋さんがその黒い物体を目撃した正確な日時は？」

「二日前よ。時刻は夜の十時ごろだって」

「中原圭介が壁に衝突する、前日の夜だな」

そういって、鵜飼は屋上の周囲に巡らされた鉄柵に歩み寄った。

屋上のその場所からは、真下に駐車場を見下ろせる。昨夜、気絶した中原圭介が発見された場所の、ほぼ真上の位置だ。朱美は鵜飼の隣に立ち、地上を見下ろしながら考えた。

昨夜、中原圭介がこの場所から飛び降りて、地面に叩きつけられて大の字を描いたのだとする。それは悲劇ではあるが、話としては単純明快だ。しかし、事実はそうではない。だから問題なのだ。彼は地面に叩きつけられたのではなく、黎明ビルの壁に激突した。しかも自殺行為とも思われる奇妙な激走の果てに。それはいったい、なぜ？

慣れない思考に頭を悩ます朱美。だが、その隣では鵜飼がなにやら重大な発見をしたかのように、「むむッ」と呻き声を上げて、目の前の鉄柵にぐっと顔を寄せた。しばし鉄柵の表面を観察していた彼は、今度はポケットの中から探偵稼業の七つ道具のひとつ、単眼鏡を取り出し右目に当てた。

単眼鏡の先は、目の前にあるもうひとつのビルへと向けられている。

「な、なに見てんのよ、鵜飼さん？　あっちのビルがどうかしたの？」

駐車場を挟んで、黎明ビルと向かい合うのは『ハイツ駅裏』という名のワンルーム・マンションだ。黎明ビルと同じく鉄筋の五階建て。長方形の建物の上の部分が、平らな屋上になっている黎明ビルに対して、あちらは切妻屋根のような形になっている。その点を除けば、古さといい、狭さといい、見た目上は似たり寄ったりの建物である。ただ、烏賊川駅の裏という地の利のためか、結構人気はあるようで、空室はほとんど無いと聞く。

「あの四階のベランダの窓だ」鵜飼は四階に三つ綺麗に並んだベランダの、その真ん中のひとつを指差した。「窓辺に明かりが見えるだろ。昼間だから判りにくいが間違いない」

「そうみたいね。で、それがどうかしたの？」

「昨日の夜も、あの窓には明かりが点いていた。深夜にもかかわらずだ」

「そう。だけど、夜更かしする人は珍しくないわよ」

「ところがだ、あの部屋は僕の探偵事務所から見て真正面にあるだろ。だから、僕はあの部屋の住人をよく見かけるんだ。この駐車場越しにね。あの部屋に住んでいるのは、男性の年寄りだ。ひとり暮らしの元勤め人。現在は退職して年金暮らし。趣味は散歩とテレビ。煙草は吸わない。酒はひとりで飲むか、安い居酒屋。身寄りは無く、将来に不安を抱えている――と、まあ、これは全部、僕の想像だが」

「想像かッ！」朱美は思わずしゃがみこみそうになる。「調べたのかと思った！」

「調べるまでもないさ。どうせ、そう大きく外れちゃいない。要するに、無駄遣いできるお金なんかない独居老人だ。だから、早寝早起きで電気代も節約する毎日ってわけだ。そのおじいさんが、昨日の晩は夜更かしで、今日は昼間っから明かりをつけっぱなし――」

喋りながら鵜飼は、朱美の存在を忘れたかのように、ひとりだけの思考に陥っていく。

「……ってことはだ……おいおい、待てよ……これはエラいことに……」

ぶつぶつ呟きながら屋上を歩き回る鵜飼。その足取りはやがて衛星軌道に乗ったかのように綺麗な楕円形を描き始めた。朱美は無言のまま、流平と視線で会話を交わした。

――気をつけて、流平君！

――了解です、朱美さん！

やがて、鵜飼の足が衛星軌道の途中でピタリと静止。続いて、鵜飼の口から歓喜の叫び。

「そ、そうか、判ったぞ！　と、いうことはあぁ――ッ！」

勢いよく鉄柵に向かって駆け出す鵜飼。その瞬間、朱美の伸ばした手が、彼の背中をむんずと摑む。と同時に、流平が鵜飼の下半身に飛びつき、両手で彼の足にしがみついた。

「な、なにするんだ、こら！　離せ、どーいうつもりだ、君たち！」

「鵜飼さん！」朱美が真顔で警告した。「ここは屋上よ！　落っこちたら本当に死ぬわよ！」

「そうですよ、鵜飼さん！　太平洋に落下するのとは、わけが違うんですよ！」

二人がかりで身体を拘束された鵜飼は、身をよじるようにしながら叫ぶ。

「馬鹿な。落ちるわけないだろ。――ええい、判った判った、もういい。もう充分だ」

諦めたようにいうと、鵜飼は二人を振りほどき、くるりと身体の向きを変えた。

「帰るぞ、流平君。我らが探偵事務所にな。そして、やがて訪れる重要な局面に備えて、いまは英気を養うとしよう」

はあ――流平は朱美と顔を見合わせてから、鵜飼に尋ねた。「どういうことっすか？」

弟子のぼんやりとした質問に、師匠は短く答えた。

「要するに、昼寝の時間ってことだ」

5

その日の夜。すでに深夜と呼ぶべき時間帯に差し掛かったころ――

朱美はひとり黎明ビルを出た。駐車場を挟んだ隣のビル、ハイツ駅裏へと向かう。建物に用があるわけではない。朱美は付近に青いルノーの姿を捜す。それはハイツ駅裏の共用玄関から少し離れた場所に、あたかも違法駐車のような恰好で停車中だった。

窓を叩いてから、助手席に滑り込む。「どう？　なにか、起こりそう？」

「いいや、全然」運転席の鵜飼はハンドルを抱えながら、退屈そうに首を振る。「ところで君は、なんの用だ？　ただの冷やかしなら……」

「冷やかしじゃないわよ」朱美は手にしたランチボックスを彼の前にずいと差し出し、にっこり笑顔でこういった。「差し入れを持ってきたの！　鵜飼さん、魚介類、好き？」

いや、好きでも嫌いでもないけど、と曖昧に答える鵜飼の前で、朱美は箱の蓋を開けた。

「ほら、見てよこれ！　朱美ちゃん特製、『牡蠣（かき）フライサンドイッチ』。美味しそうでしょ」

ランチボックスの中身を一瞥するなり、鵜飼の表情がさあっと青ざめた。

「ほう、こ、これは美味そうだな、有り難くいただくとしよう——明日の朝食としてね」

「はあ⁉」朱美はたちまち不満顔。「なんで、いま食べないのよ」

「無茶いうな。いまここで食って、腹でも壊したら、今夜の張り込みが台無しだろ」

「腹を壊すかどうか、食べてみなくちゃ判らないじゃない！」

「そんな賭け、危険すぎるだろ。そもそも牡蠣フライをパンに挟むか、普通！」

「え……」挟んじゃ駄目なの⁉　目を見開かされる思いの朱美だった。

と、そのとき鵜飼が唐突に前を指差した。「見ろ、朱美さん。きたぞ——」

前を向くと、ハイツ駅裏の共用玄関の前に一台のワゴン車が停まったところだった。

運転席から降り立ったのは、全身黒ずくめの衣装に、黒眼鏡、白マスクで完全武装した謎の人物。よっぽど他人に見られたくないのか、あるいはよっぽど深刻な花粉症を患っているのか。季節柄どちらも考えられるが、たぶん前者だろう。

謎の人物は、助手席の扉を開けると、そこから縦横一メートル近くもある大きなバッグを取り出し肩に担いだ。玄関前で左右の様子を窺う（うかが）と、足早に建物の中へと入っていく。

「よかった——いや、すまない、朱美さん。どうやら君の特製サンドを味わってる暇はなさそうだ。じゃ、そういうわけで！」

鵜飼はどこかホッとした様子で、ランチボックスを朱美に押し返す。

そしてすぐさま彼は探偵の顔に戻ると、静かに運転席の扉を開けて外に出た。謎の人物を追うように、小走りにハイツ駅裏の玄関へと飛び込む。ホールでは、先ほどの黒ずくめの人物が、大きな荷物を抱えたまま、エレベーターの到着を待っている。鵜飼はエレベーターを使わずに、階段を駆け上がる。二階三階には目もくれず、四階まで一気に駆け上がると、廊下から死角になる壁際に身を寄せて、「ふぅ――」と、ようやく鵜飼は一息ついた。

「要するに問題なのは、四階のおじいさんの部屋ね」

「うわ、朱美さん！」鵜飼はいまさらのように驚愕の悲鳴をあげた。「こら、誰がついてきていいなんていったんだよ！」

「あら、誰もついてくるなとはいわなかったじゃない」

だが、悠長に議論している暇はなかった。

「シィーッ！」鵜飼が顔の前で人差し指を立てる。「エレベーターの到着だ」

鵜飼は壁際から廊下に向かって、そうっと顔を覗かせる。朱美もそれに倣（なら）った。そこには、背の高い観葉植物が置いてあって、頭を突き出す二人にとっての、恰好の隠れ蓑になっている。うまい具合に遮蔽（しゃへい）物が置いてあるものだと、朱美は思ったが、よくよく考えれば、これは鵜飼が前もって持ち込んだものに違いない。

朱美は観葉植物の葉っぱの隙間を通して、四階の廊下を楽に見通すことができた。

エレベーターを降りた謎の人物は、三つある部屋の真ん中の扉に、まっすぐ歩み寄った。廊下の端に置かれた観葉植物に一瞬視線をやったが、特に不自然だとは思わなかったようだ。その人物は肩に担いだ大きなバッグを下ろすと、まずポケットから小さな鍵を取り出し、扉を開錠した。ノブを摑んで手前に引く。だが、扉はほんの僅かしか開かなかった。

中からチェーンロックが掛かっているのだ。

どうするのだろう？　息を殺して見詰める朱美の前で、謎の人物は大胆な行動に出た。その人物が大きなバッグの中から取り出したもの。それは庭木切りバサミに似た巨大な金属製の道具。チェーンカッターだ。謎の人物は、迷うことなくその刃先を目の前の扉のチェーンにあてがい、両手でレバーを絞った。チェーンは小さな金属音を響かせて、いともたやすく切断された。

——と、ちょうどそのとき！

いち早く廊下に飛び出した鵜飼が、その人物の背後に音もなく迫っていた。

「やあ」親しげにポンと相手の肩を叩いて、鵜飼は右手を上げた。「なにしてるのかな」

黒眼鏡、白マスク越しでも、相手の動揺は手に取るように判る。だが、万事休す、とアッサリ白旗を掲げるかと思いきや、向こうは最後の抵抗とばかりに、手にしたチェーンカッターを振り回して応戦。鵜飼は脇腹に一発喰らって、体勢を崩す。その隙を狙って、謎の人物は逃走を試みる。向かった先は当然エレベーターではなく階段だ。

「うわあ！　こここここ、こっちに、こないでよ！」

朱美は身体を震わせながらも、多少の足止めになればと観葉植物を蹴っ飛ばす。転がった鉢植えに躓（つまず）いて、相手の足が一瞬鈍る。そこに鵜飼が追いついた。

「こいつ！　逃げられると思うなよ！」

掴みかかる鵜飼と抵抗する謎の人物。二人はもつれ合うように二段飛ばしで階段を駆け下りる。それからしばらく不規則な足音が続いたかと思うと、やがて二人の姿は階下へと見えなくなっていき——そして、突然！

「うわあああぁぁぁ——ッ」

「ぎゃあああぁぁぁ——ッ」

二人同時の絶叫が四階の朱美の耳にも響いてきた。

どうやら、探偵はまた階段から落っこちたらしい——

それから数十秒後。階段を慎重に駆け下りた朱美は、一階のフロアに折り重なるように倒れた二人の姿を発見した。上が鵜飼で、その下敷きになっているのが謎の人物だ。

「大丈夫、鵜飼さん？　生きてる？　死んでない？」

「ああ、死んじゃいない」鵜飼はむっくり上体を起こすと、「なに、二階から転がり落ちるぐらいはなんでもない。過去には崖から太平洋に落ちたことだって……」と変な強がり。

「そんなことは、どうでもいいから」朱美は鵜飼の下で気を失って倒れている謎の人物を指差して聞いた。「この人、いったい何者？」

鵜飼はゆっくり立ち上がりながら答えた。「犯人さ」

「……犯人!?」と、いわれても正直なんの犯人なのか、朱美にはよく判らない。他人の部屋のチェーンロックを切断すること自体、犯罪には違いないけれど、それだけの罪で鵜飼が彼を犯人呼ばわりしているわけでもあるまい。ん、彼!?　いや、待てよ――この人物は、本当に《彼》なのか。あらためて間近で見ると、体つきはずいぶん華奢に映る。

「ひょっとして、この人――女!?」

朱美は謎の人物の前にしゃがみこみ、その顔を覆った黒眼鏡とマスクをむしり取った。現れたのは、やはり女性の顔。しかも見覚えのある顔だ。朱美は思わず叫んだ。

「あ！　この人、中原圭介の病室にいた彼女じゃない！」

「そうだ」鵜飼はその事実をすでに知っていたかのように平然と頷いた。「高島美香だ」

そう、高島美香。そんな名前だった。しかし彼女がなぜここに？

意外な事実の連続に、朱美は頭の整理がつかない。

そこに、騒ぎを聞きつけた戸村流平が駆けつけてきた。彼は駐車場の側から、四階の一室を見張っていたらしい。そんなわけで事情を知らない流平は、現場を目撃するなり、

「やあ、大きな音がしたから、また鵜飼さんが階段から落っこちたのかと思ったけど――なんだ、落ちたのは相手のほうですか」

と、判りやすい勘違い。鵜飼は特に否定もしないまま、気絶した高島美香の身柄を助手に預けた。

「逃げられないようにしててくれよ」

それだけ命じて、鵜飼はいま落ちた階段を駆け上がる。意味が判らない朱美も、彼の後を追った。再び四階に舞い戻った鵜飼は、問題の一室に駆け寄った。チェーンロックが破られた部屋。扉は半開きになっている。鵜飼は迷うことなく、その中に足を踏み入れた。朱美も後に続く。他人の住居だが、いまは緊急事態である。

老人がひとりで暮らすワンルームは、物が少なくガランとした印象。テレビだけがやけに大きい部屋には、冷え切った空気が充満していて、人の気配はない。小さなキッチンには、洗い物が積んであるばかり。となると、もはやワンルーム・マンションの一室に、捜すべき空間はひとつしかない。

朱美と鵜飼の二人は、ごく自然な形でユニットバスの扉の前に立った。いくぞ、と目で合図してから、鵜飼はその扉を開け放った。

現れたのは、洋式トイレと狭い湯船。ごくごく普通のユニットバスの光景の中に、ただひとつ普通ではないもの——

水を張った湯船の中に、老人の死体が浮かんでいた。

6

鵜飼は老人が死んでいることをいちおう確認すると、すぐにユニットバスの扉を閉めた。リビングに戻った鵜飼は、机の上の郵便物に視線を落としながら、呟くようにいった。

「倉沢敦夫（くらさわあつお）——ふーん、これが死んだおじいさんの名前ってことか」

一方、朱美は胸の鼓動を抑えるように、大きな息を繰り返していた。ワンルーム・マンションの一室で、老人が死んでいた。それは必ずしも、意外な事実ではない。部屋に足を踏み入れた瞬間から、朱美の頭の中にも漠然と想像できていた光景である。

だが、いったいなぜ老人——倉沢敦夫は死んでいたのか？　なぜ高島美香は彼の部屋に侵入を試みたのか？　なぜ鵜飼はそれを事前に予想できたのか？　そして——なぜ中原圭介はビルの壁に全力でぶつかっていったのか？

いくつもの疑問符が頭の中を駆け巡る。結局、朱美は彼に聞くしかなかった。

「どういうこと？」

「どういうことだと思う？」逆に鵜飼が聞いてきた。「ここは四階のワンルームだ。そして君も見たとおり、この部屋の玄関扉には、ついさっきまで内側からチェーンロックが掛かっていた。そして、ユニットバスの湯船ではおじいさんが死んでいる。どうやら、溺れ死んだらしい。この状況を普通に眺めた場合、君はこの部屋でなにが起こったと考える？」

「……おじいさんが風呂場で溺れ死んだ……ってことは、事故？」

「そう。確かに、そう見える。だが、これは事故ではない。なぜなら僕らは昨夜、黎明ビルの壁に男が全力で正面衝突していくという、前代未聞の奇妙な事件が起こったことを知っている。この黎明ビルの事件と、こちらのハイツ駅裏の事件とが、まったく無関係だとは、君だって思わないだろ。駐車場を挟んで建つ二つのビルで、相前後するように老人が死に、若い男が重傷を負う。当然、二つの事件は繋がっていると考えるべきだ」

「ということは、おじいさんの死は単なる事故ではないってこと？」

「もちろん事故じゃない。これは殺人だ。倉沢敦夫さんはチェーンロックの掛かった四階の一室で、何者かに殺された。判るかい？　つまり、これは密室殺人なんだよ」

「密室殺人！」意外な単語に、朱美の声が思わず上擦った。

「そう。風呂場での不慮の事故に見せかけるために仕組まれた密室殺人だ」

「なるほど。確かに密室かも」朱美は狭い部屋を見回した。「だけど、それじゃあ、犯人はおじいさんを殺した後、どうやってこの鍵の掛かった部屋から脱出できたの？」

「なに、密室といったけれど、ガチガチに施錠された部屋ってわけじゃない。確かに、玄関にはチェーンロックが掛かっていたけれど、たぶん窓は開いているはずだ――ほら！」

思ったとおりだ、といわんばかりに鵜飼はベランダに続くサッシ窓を開けてみせた。

「犯人は窓からベランダに出たんだな。他に行き場はない」

「でも、そこからどうするの？　ここは四階よ。飛び降りるのは無理だわ。ロープや縄梯子でも使ったの？　だけどそんなものを使って、地上に降りていく人物がいたら、いくらなんでも人目につくわ。駐車場にはいつ誰がやってくるか判らないし、道路からも丸見えよ。殺人犯がそんな目立つ脱出手段を取るかしら。かえって危険な気がするけれど」

「そう、そのとおり。犯人も朱美さんと同じように考えたはずだ。下には降りられない、とね。かといって、隣のベランダへと移動するのも、同じく危険だ。このマンションは結構人気らしい。両隣にも上にも下にも、誰かしら住んでいる。じゃあ、屋上は？　これはいちばん不可能だ。なぜなら、この建物には屋上はない。切妻の屋根が乗っかってるだけだ。とすると、もっとも人目につかず安全に逃げられそうな場所は、いったいどこだ?」

そういって鵜飼が窓の外を見やる。その視線の先にあるのは、駐車場を挟んで建つ黎明ビル。その屋上だった。

「まさか……犯人はこの部屋からあたしのビルの屋上に移ろうとしたの?」

「そう。そのまさかだよ。ハイツ駅裏の四階から黎明ビルの屋上まで、直線距離で二十メートルもない。多少の登りになるけれど、不可能ってほどじゃない。それに、これぐらい高い位置を移動すれば、地上の歩行者や車の運転手から目撃されずに済む。え、どうやって移動するのかって⁉ もちろん、ロープを伝って空中を移動するに決まってるだろ」

「ロープですって? この部屋のベランダからあたしのビルの屋上までロープが張られていたっていうの? 嘘でしょ。いつの間に、そんなロープが張られたってのよ」

「それはいまから数日前——少なくとも、二日前の夜には、二つのビルの間にそれはあったはずだ。もっとも、その時点では、ロープなんてもんじゃなくて、細くて透明なテグス糸みたいなものだったと思うけどね」

「二日前の夜ってことは、酒屋の高橋さんが駐車場の上空に黒い奇妙な物体を見かけたのと、同じ夜ね。結局、あの物体の正体はなんだったの?」

「正確には判らないが、たぶん蝙蝠(こうもり)だろう。二つのビルに渡された透明な糸に、蝙蝠がぶら下がって羽根を休めていた。その様子を偶然、地上から見つけた高橋さんの目には、なにもない空中に黒い物体がふわふわ浮いているように見えた——そういうわけさ」

「ふうん。でも、そんな細い糸じゃ、人間が伝って移動する役には立たないわよ」

「もちろん。その糸は密室殺人の実行に向けての仕込みに過ぎない。おそらく犯人が前もってこの部屋を訪問するか忍び込むかして、ベランダから糸を垂らし、その端を黎明ビルへと伸ばして屋上の鉄柵に括りつけておいたんだろう」

「あのねえ、口でいうのは簡単だけど、結構面倒くさい作業よ、それ」

「そうだとも。だからこそ、犯人は実際の犯行の数日前に、それをやったのさ。あらかじめビルとビルの間に細い糸を渡しておけば、その糸を利用して太いロープを渡すのは、うんと簡単になるだろ。実際に太いロープが渡されたのは、犯行のあった夜のことだ」

「犯行のあった夜って……ひょっとして昨日の深夜？」

漠然とだが、朱美にもなんとなく想像がつく。鵜飼はまっすぐ頷いた。

「そうだ。昨夜、犯人はこの部屋を訪れ倉沢敦夫さんを殺害した。事故に見えるようなやり方で、だ。正確には判らないが、たぶん酒か睡眠薬でも与えて、眠ったところで湯を張った湯船に沈めるみたいな、そんな簡単な手口だろう。殺人は、いちおう上手くいった。

問題はその後だ。犯人はベランダに出て、事前に張ってあった細い糸を頼りにしながら、ハイツ駅裏と黎明ビルの間にロープを渡す。暗闇に紛れるような黒いロープ。しかもロープは二重になっていたはずだ。脱出が終わった後、黎明ビルの側からロープを回収できるようにね。ベランダにいる犯人と、黎明ビルの屋上にいる共犯者、二人の間で作業は進められた」

「なんで、黎明ビルの屋上に共犯者がいたって判るのよ。あんた、見たの？」

「見てないけど、判るんだよ。それじゃなきゃ、話が合わないのさ」

いいから黙って聞け、というように断言すると、鵜飼は説明を続けた。

「ロープが無事に張られると、いよいよ四階からの脱出だ。犯人は腰に巻いた太いベルトにロープを通した。これが安全ベルトだ。これで万が一ロープから手が離れたって、落下する心配はない。犯人は悠々とロープにぶら下がり黎明ビルへと向けて、空中移動を開始した。ところが、悪いことは出来ないもの。ここで最悪の事態だ！」

「なに⁉　なにが起こったの⁉」

「ロープが切れた。——たぶん、移動を開始した直後だ。ベランダ側でプッツンと、ね」

「ええッ、プッツンって！　じゃあ、どーなっちゃうのよ、ロープの上の犯人は！」

「どうなるかって？」鵜飼はニヤリとしていった。「そりゃ決まってる。ロープの片側は黎明ビルの屋上で固定されているんだ。切れたロープを手にした犯人は、駐車場の上空でターザンの真似事を演じるしかない。実際、犯人はそれをやったんだよ。『ア〜アァ〜』というお馴染みのターザンボイスこそ披露しなかったけど、それはまあ、あまりの恐怖で声も出なかったと解釈すれば無理もないことだ」

「タ、ターザン……黎明ビルに向かって……怖ッ」

「そうだ。ここで思い出してほしいんだが、駐車場は十五メートル四方ぐらいの広さだ。ということはそれを挟んで建つ二つのビルの距離は十六、七メートルってところだ。一方、黎明ビルの高さはどれぐらいかな。詳しく計ったわけじゃないけど、一階三メートルで計算すれば五階建てで地上十五メートル。屋上の鉄柵の高さなら、やっぱり十六、七メートルあるはずだ。なにがいいたいか判るだろ」

「犯人が握っていたロープの長さと、黎明ビルの高さがほぼ同じ程度だったということね」

「そうだ。ということは、切れたロープをしっかり握り締めていれば、そして上手いタイミングでロープから手を放すことができれば、犯人は無事に地上に降り立つことができる——かもしれない！」

「無理よ。全然、無理」朱美は無情に断言した。「だって、ターザン状態の犯人が地上に接近するころには、もの凄い勢いがついているはずだもの。無事に着地なんて、できっこないわ。勢いよく黎明ビルの壁に叩きつけられるのがオチ——あ、そっか!」

ここに至って、ようやく朱美にも鵜飼の語る真相が見えた気がした。

「そう、そのとおりだ。無事に着地なんて、できっこなかった。例の大学生が見たのは、そのできっこない着地をなんとか試みようとして、あえなく失敗した犯人の姿だったのさ。もう判っただろ。ビルの壁に向かって全力疾走で激突した男——中原圭介が倉沢敦夫殺しの真犯人なのさ」

「…………」やはりそうか、と朱美は頷いた。「中原圭介は自分の意思で壁に向かって走ったわけじゃなかったのね。彼は止まろうとして止まりきれなかっただけだった!」

「そう。中原圭介は自殺志願者でもなければ、クスリをやってたわけでもない。彼はただ、切れたロープに振られながら駐車場に降り立ち、その勢いを殺すことができないまま数メートルを全力で走らされた挙句、とうとう止まりきれずにビルの壁に正面から激突しただけ。その姿を偶然、大学生が目撃したわけだ。だが、大学生には黒いロープが見えない。だから彼の目には、いきなり駐車場に現れた男が、なぜかもの凄い勢いで自分から壁に向かって突っ込んでいった——そう見えたんだな。どうだい、朱美さん。これが目の前の壁に全力でぶつかっていく、超ポジティブな男の正体というわけだ。ガッカリしただろ」

「べつにガッカリはしないわよ」もともと《超ポジティブな男》だなんて、朱美は思っていなかったのだ。「けれど、まさか謎の全力疾走男の正体が、殺人犯だったとはねえ」

朱美は呆れた声をあげ、それから説明の続きを促した。

「あたしたちが、大の字になった中原圭介の姿を発見したとき、どこにもロープは見当らなかったわね。あの時点でロープは既に回収済みだったってことね」

「そうだ。中原圭介がターザン状態になって落下した直後には、黎明ビルの屋上にいた共犯者が慌ててロープを巻き上げたはずだ。共犯者というのは、もちろん高島美香だが」

「そう、高島美香！　彼女の行動が意味不明だわ。彼女は、今夜なにをしようとしたの？」

「死体の運搬だよ」鵜飼はアッサリいった。「だから、彼女は深夜に車でやってきた。そうそう、彼女が担いでいた大きなバッグがあっただろ。あれの中身を確認してみようか」

二人は玄関先に放置されていたバッグを開いた。中身は折り畳み式の車椅子だった。

「ほらね。間違いなかっただろ。高島美香は、この車椅子で死体をこの部屋からこっそり運び出すつもりだったんだな」

「なぜ、そんなことする必要があるの？」

「そりゃ決まってる。密室殺人にしくじった以上、そうせざるを得ないんだよ」

鵜飼は再びリビングに戻りながら、説明を続けた。

「中原圭介と高島美香、二人は倉沢敦夫さんを殺す計画を立てた。密室での事故死に見せかけて、だ。おそらく、おじいさんが事故で死ねば、彼らの関係者に保険金でも入るような裏側があったんだろう。彼らの密室殺人計画については、すでに説明したとおり。トリックと呼ぶほどでもない力業だ。だが、彼らはそれにしくじった。中原圭介は墜落死こそ免れたものの、救急車で病院に運ばれて、警察の事情聴取も受けた。結果、自殺未遂？みたいな曖昧な話になってはいるが、騒ぎになったことは事実だ。もし、いまこのタイミングで、このハイツ駅裏の一室から、老人の変死体が発見されたとする。警察はこれを彼らが目論んだとおりに、単なる事故死として処理してくれるかな？」

「いいえ、それは期待できないわね。警察はそんなに甘くない」

「当然だ。僕らでさえ、二つの事件を結び付けて考えた。警察だって同じだ。そうなれば中原圭介も記憶喪失のフリぐらいじゃ、警察の追及をかわせない。——な、判るだろ。倉沢敦夫さんの死体が発見されるのは、いまの彼らにとっては絶対避けたいことなんだよ」

「それで死体を部屋から運び出そうとしたのね。中原圭介はベッドの上から動けないから、高島美香がひとりでその任に当たった」

「そう。ところがここに大きな問題がある。死体のある部屋は緩い密室だ。彼らがそうしたんだけどね。侵入するためには、四階のベランダから忍び込むぐらいしかない」

「あ、そうか。死体を運び出すといっても、まず部屋に入れないわね」

「そのとおり。だから結局、高島美香は自分たちで作り上げた密室を、自分で壊すしかなかった。玄関のチェーンロックを切断するという、乱暴なやり方でね」

「なるほど、そういうことだったのね……」

朱美はつい先ほどの出来事を思い出す。決定的場面を鵜飼に押さえられた高島美香。彼女は死に物狂いの逃走を図った。そして、鵜飼はその巻き添えを喰い階段を転げ落ちた。

それが今夜の事件のすべてだったわけだ。


こうして、倉沢敦夫殺害事件は、死体発見と同時に、いきなり解決を迎えるという不思議な形で幕を閉じた。階段から落ちて気絶した高島美香は、警察に連行された。病院のベッドにいる中原圭介も、あらためて警察の取調べを受けるはずだ。彼の口から、謎の全力疾走の真実が語られるとき、警察の人たちはいったいどんな顔をするのだろうか。

ところで、朱美はといえば、せっかく作った例の差し入れの行方が気になる。

「結局、朱美ちゃん特製『牡蠣フライサンド』は誰が食べたの？」

翌日の探偵事務所で聞いてみる。鵜飼は手元の書類に目をやりながら、ぞんざいな答え。

「んー、僕は食べてないぞ。食べるわけがない。君が持って帰ったんじゃなかったのか」

もちろん、朱美が持って帰るわけがない。じゃあ、いったい——はッ！

嫌な予感を覚える朱美。そのとき、事務所の電話が鳴った。悪い展開を想像しつつ、受話器を取る。電話の向こうから聞こえてきたのは、弱々しい流平の声だ。

『朱美さん……今日は休むって、鵜飼さんに……ええ、なんかお腹壊したみたいで……』

「ああ、そう。判った。伝えとく」

短く答えて受話器を置いた朱美は、表情を消した顔で鵜飼に伝えた。

「流平君、頭が痛いから休むって——」

探偵が撮ってしまった画

0

　女子大生、小松綾香が佐々木教授の屋敷を訪れたとき、門の前には二人の男性の姿があった。二人は雪の降り積もった門前で、何事か話し込んでいるふうに見えた。

　ベージュの地味なコートを着た年配の男は、文学部の青山教授。小柄な彼は、身体に似合わぬ大きな鞄を肩に掛け、寒さに身を縮めている。その隣に佇むのは、身長百八十センチはあろうかという大男。同じく文学部の森准教授だ。大柄な身体を紺色のダッフルコートに包み、背中には重そうなリュックを背負っている。

　綾香が二人に駆け寄ると、男たちは「おや!?」という表情で彼女の顔を見詰めた。

「小松君じゃないか。ひょっとして、君も呼び出されたのか」森准教授が尋ねる。

　はい、そうです、といって綾香は、手にした小さなハンドバッグの中から携帯を取り出した。一時間ほど前に受け取ったメールを液晶画面に表示して、二人の前に示す。

「佐々木教授から〈午前十時にウチにきてくれ〉って、なんだか変なメールが」

「僕もだ」准教授は頷いた。「青山教授のところにも、同じメールがきたらしい」

「とにかく、訪ねてみようじゃないか」青山教授が門柱の傍から屋敷を指差す。

三人は門から敷地内に入り、新雪を踏みしめながら真っ直ぐ屋敷へと向かった。庭先は、一面の銀世界。そこには、男性のものと思われる足跡が一筋だけ残されていた。

「佐々木君の足跡だろうか」

青山教授が呟く。佐々木教授はひとり暮らしだから、そう考えるのも無理はない。

足跡は門から玄関へ向かって続いているようだった。三人はその足跡に沿うようにして歩を進め、間もなく玄関へとたどり着いた。

青山教授が呼び鈴を鳴らす。だが返事がない。数回鳴らしてみたが、結果は同じだった。

「変だな」青山教授が眉を顰める。「自分から呼び出しておいて、留守にするとは」

「いや、留守ってことはないと思いますよ」

森准教授は庭に残された男性の足跡を指で示しながら、「この足跡が佐々木教授のものだとすれば、教授は屋敷の中にいる公算が高い」

「それもそうだな。だが、屋敷にいるのに返事がないとは、どういうことだろう？」

「呼び鈴が聞こえないんでしょうか」綾香は扉のノブを握り、回してみた。扉は簡単に開いた。鍵は掛かっていなかったようだ。「大きな声で呼んでみましょうか」

綾香の提案に二人の男も同意した。三人で声を合わせて、玄関先から佐々木教授の名前を呼ぶ。だが返事はない。事ここに至って、三人はいよいよ不安げな顔を寄せ合った。

「どうも様子が変だ」青山教授がいう。「佐々木君の身になにかあったんじゃないのか」

「確かに、僕らを一方的にメールで呼び出すこと自体が変ですね」と森准教授。

「家に上がって、捜してみましょう！」

いうが早いか、綾香はダウンジャケットを脱ぎ、玄関を上がった。青山教授は大きな鞄を、森准教授は重そうなリュックを、それぞれ玄関に置いて屋敷に上がりこむ。そして三人はバラバラに別れて部屋を見て回った。

綾香は一階の奥にある風呂場を覗き込む。寒い日の入浴中に体調に異変をきたす高齢者は多い。だが、風呂場は無人だった。トイレやキッチンにも人の姿はない。すると、二階のほうから突然、「わあ！」という男の悲鳴があがった。

青山教授だ。綾香は慌てて階段を駆け上がった。二階の廊下に出ると、そこに面した一枚の扉が開いている。綾香は迷わず、扉の向こうに飛びこんだ。「どうしたんですか、先生！」

「大丈夫ですか、教授！」綾香に遅れて、森准教授も部屋に駆け込んできた。

そこは寝室だった。壁に寄せた形で立派なベッドが置いてある。ベッドの傍らに、怯えた表情の青山教授。その視線の先には、もうひとりの小柄な老人の姿があった。

それは彼らが捜し求めていた人物。屋敷の主、佐々木教授だった。だが、その姿を目にした瞬間、小松綾香と森准教授の口から、同時に悲鳴が漏れた。

「きゃあああぁぁ——」

「わぁあああぁ——」

佐々木教授はベッドの上で、小さな身体を折り曲げるようにして横たわっていた。顔は鬱血(うっけつ)しており、首には紐のようなものが絡み付いている。その身体は微動だにしない。

佐々木教授は寝室のベッドの上で冷たくなっているのだった——

1

黎明(れいめい)ビルの五階の一室にて——。目覚めたばかりの二宮朱美(にのみやあけみ)が、何の気なしにカーテンを開けると、窓の外は思いがけない銀世界だった。晴れ間の覗く空からは、眩(まばゆ)いほどの陽光が差し、一面の雪を照らしている。烏賊川(いかがわ)の市街地は、普段の薄汚れた表情に束(つか)の間(ま)、純白の化粧を施して、見違えるような美しい街並みを見せていた。

窓辺に佇む朱美は二十代半ば。この黎明ビル一棟を所有し、自らその最上階にて優雅に暮らす、若きビルオーナーである。そんな彼女は烏賊川市では滅多に見られない雪景色に、しばらくの間は無邪気に見とれていたのだが、「ん!? 雪ってことは……」突如、漠然とした不安を感じ、朱美は美しい眉を顰めた。「ひょっとして、またなにか起こるんじゃないかしら……」

過去の経験則からいって、烏賊川市で雪が降った日には、必ずといっていいほど、重大事件が発生している。最近では、花見小路家の宝石泥棒や、善通寺家の交換殺人が雪の日だった。他にも雪の日の事件があったような気がするが、いずれにしても烏賊川市で雪が降った日は要注意だ。

というか烏賊川市の場合、事件と無関係に雪が降ることは滅多にない。

烏賊川市とは、そういう街である。

そして、これまた過去の経験則からいえることだが、そういった雪の日の事件には必ず、あの男が関わっている。あの男とは、朱美の部屋の真下に暮らす探偵のことだ。

私立探偵、鵜飼杜夫。黎明ビルの四階にて《トラブル大歓迎》のキャッチフレーズとともに、探偵事務所の看板を掲げる彼こそは、街いちばんの名物探偵、略して名探偵である。鵜飼の予測不可能な活躍と失敗の数々は、烏賊川の街にはびこる悪党どもを、ときに震え上がらせ、ときに笑いの渦へと叩き込んできた。彼の功績によって捕らえられた犯罪者は数多く、その一方、彼の逃した犯罪者の数はさらに多い。毀誉褒貶が激しく、功罪相半ばする男であるが、朱美にとって気になる隣人であることは間違いない。

「そういえば、鵜飼さん、昨夜も張り込みっていってたわよね……」

張り込みといっても、凶悪犯のアジトを不眠不休で見張っているわけではない。単なる浮気調査だ。ここ数日、鵜飼は浮気の決定的証拠を掴むために、ひとりの男の行動を逐一見張っている。雪が降ったからといって、浮気調査一時中断、とはならないだろう。むしろ突然の大雪は、浮気男にとって、急な外泊の恰好の口実になり得る。

「ということは……」朱美は軽く目を瞑った。

雪の降る夜、寒さに耐えて必死で働く探偵の姿を、脳裏に思い描いてみる。すると――なぜだか判らないが、道行く人にマッチを売る貧乏な探偵の姿が目に浮かんだ。頭にいっぱい雪を載せ、青ざめた表情でぶるぶる震えながら街角に佇む探偵。やがて、疲れ切った探偵が束の間の暖を取ろうと一本のマッチを擦ると、その小さな明かりの中には、おいしそうなご馳走と暖炉の炎、そして安楽椅子で推理を語るシャーロック・ホームズの姿が見えるのでした……うわ、大変だ！

「鵜飼さん、きっと凍死寸前に違いないわ！」

自らの妄想によって不安を増幅させた朱美は、拳を握って勝手に宣言した。

「こうしちゃいられない！　あたしが助けにいかなくっちゃ！」

そもそも『鵜飼杜夫探偵事務所』に、その依頼人が現れたのは数日前のことだ。

軋（きし）む扉を開けて姿を現した依頼人は、中年にさしかかった女性だった。ベロアの黒いコートを脱ぐと、現れたのはシックなグレーのスーツ姿。くびれた腰に、タイトスカートがよく似合う、落ち着いた雰囲気の女性。だが、べつに高価なものを身につけているわけではない。生活水準でいうなら中流の上、といったところだろう。

「あの……水沢優子（みずさわゆうこ）と申します。こちらにご相談したいことがございまして……」

初めて訪れる探偵事務所に緊張しているのだろうか、依頼人の視線は頼りなく宙をさまよっていた。そんな彼女を、鵜飼は得意のビジネススマイルで迎え入れた。

「やあ、我が探偵事務所へ、ようこそ。我々探偵事務所の所員一同、心より歓迎いたしますよ。どうぞソファにお掛けになってください。いま、お茶をお持ちいたしますから」

水沢優子はいわれるままにソファに腰を降ろし、一方、朱美は鵜飼の言葉に首を傾げる。

「……所員一同!?」

事務所の中には探偵と依頼人の他には、朱美がひとりいるだけである。たまたま、遊びにきていただけなのだが、どうやら、《所員一同》の中には自分も含まれているらしい。

部下の数をひとりでも多く見せようとする鵜飼の姑息な嘘に、朱美が巻き込まれた恰好だ。〈あたし?〉と自分の顔を指差す朱美に対して、〈そう君だ!〉と鵜飼が指を差す。

冗談じゃないわよ! あたしは事務所の所員じゃなくて、事務所の大家だってーの!

そんなふうに真実をぶちまけるのは簡単だが、初対面の女性の前で口喧嘩は大人げない。ここはひとつ、見栄っ張りな探偵の顔を立ててやるのが得策だと、朱美は判断した。

「はーい、それじゃ珈琲いれてきますね——」

朱美は射抜くような視線で鵜飼の顔を睨みつけると、ひとりでキッチンへと向かった。

三杯の珈琲をお盆に載せて部屋に戻ると、水沢優子はようやく依頼の内容について、口を開き始めたところだった。朱美はテーブルに珈琲カップを並べると、ごく自然な振る舞いで鵜飼の真横の席に腰を下ろし、彼らの話に加わった。

「……わたしの夫は烏賊川信用金庫で営業部長をしております。その夫が最近、隠れて若い女性と会っているのではないかと、わたしはそのように疑っているのです」

そして水沢優子はいくつかの事例を示しながら、夫の浮気を疑うに至った経緯を説明した。例えば、身につけるものの趣味の変化。ワイシャツに残る香水の匂い。急な出張や外泊が増えたこと。あるいはトイレに携帯を持ち込むこと、などなど——

しかし彼女の話を聞く鵜飼は渋い表情。彼は地味で面倒な浮気調査には、もともと食指

が動かないタイプだ。そんな彼は依頼人の話が一段落したところで、
「なるほど、しかし」と重たげに口を開いた。「いずれも浮気を疑う根拠には違いないですが、決定的な証拠とはいえませんね。ただの思い過ごしという可能性も否定できない。それでいいんですか、奥さん。『調べた結果、なにもなし』でも、僕はがめついプロの探偵ですからね、当然報酬はいただきますよ。けっして安くはありませんよ。無駄だとは思いませんか、そんなカネの使い方……いいんですか奥さん、本当にいいんですか……」

浮気調査なんて馬鹿げた行為に大事なカネを使うのはおやめなさい——と親切にも探偵のほうから申し出ているのだ。これほど浮気調査を嫌がる探偵は珍しい。

だが、水沢優子は自分の依頼を引っ込めようとはしなかった。

「構いません。ぜひ調べてくださいませ。必ずなにかありますから。ええ、きっと間違いありません。これは女の勘ですわ！」

最終的な根拠はソレか。朱美と鵜飼は呆れた顔を見合わせる。だが、ここまで熱心に頼まれては、探偵としても断る理由がないのだろう。結局、鵜飼は水沢優子の依頼を引き受けた。そして鵜飼はその翌日から彼女の夫の行動を見張ることになったのである。

ちなみに依頼人の夫の名前は水沢晋作。五十五歳の金融マンは、写真で見る限りは真面目そうな顔つきで、浮気性の雰囲気は微塵も感じさせなかったのだが……

2

鵜飼の遭難を危ぶんだ朱美は、赤いコートにカシミヤの襟巻き、デニムの下に防寒タイツという重装備で黎明ビルを飛び出した。張り込みの現場は戸村流平から聞き出した。流平という男は、これぞ正真正銘、鵜飼の助手を務める男だ。彼の話によれば、鵜飼は市街地を少し離れた住宅街、幸町にあるアパートを見張っているらしい。朱美は愛車の黒いベンツにチェーンを装着し、ぬかるんだ雪道を一路、幸町へと向かった。

現場に到着したのは、午前九時少し前のことである。

話題のアパートは、みゆき坂と呼ばれる急な坂道の途中にあった。アパートの名前も『みゆき荘』だ。古びた看板の上には数センチの雪が積もっている。

問題はこのアパートを探偵がどの場所から見張っているかだ。車の窓から見回したところ、目に付く場所に鵜飼の姿はない。当然だ。張り込み中の探偵が、姿丸見えでは張り込みにならない。隠れているに違いない。だが、どこに——？

朱美はベンツを坂の上に停め、みゆき坂を歩いて下りながら、鵜飼の潜伏場所を探した。すると、坂の途中にお誂えむきの空き家を発見。誰もいないはずの家の前には、不自然に大きな雪だるまが鎮座していた。いったい誰が作ったのか？

「なんか怪しいわね、この雪だるま……」朱美が呟きつつ近寄ると、

「怪しくないよ、普通の雪だるまさ……」普通の雪だるまが喋った。

「…………」普通というより怪奇現象、あるいは冗談の領域である。

呆れた気分で朱美がひょいと雪だるまの向こう側を覗き込む。案の定、鵜飼はそこにしゃがみこんでいた。見慣れた背広姿に黒いコートを羽織った恰好。首から商売道具のマッチ箱——ではなく古ぼけた一眼レフカメラをぶら下げている。雪だるまを盾にしながら、視線は真っ直ぐ『みゆき荘』へ。確かに彼は張り込みの真っ最中らしい。

それにしても——

この雪だるま、鵜飼さんが作ったの？　身を隠すために？　他に相応しい隠れ場所はなかったの？　様々な質問が頭に浮かんだが、朱美は聞かなかった。仮に聞いたところで、彼はすべての問いに真顔で「イエス」と即答するに違いない。鵜飼とは、そういう男だ。すると、「悪いけど、そこに立たないでくれないか」と、探偵のほうから朱美に偉そうな注文。「雪だるまに話しかけてるみたいだろ。不審に思われたら困る」

「あら、喋って答える雪だるまのほうが、よっぽど不審に思われるんじゃないかしら」

皮肉を呟きながら、朱美は鵜飼の言葉に従って、雪だるまの背後に身を隠す。

「ところで、どういう状況なの？　仕事は上手くいきそう？」

「まだ判らない。昨夜、水沢晋作はひとりで、あのアパートの一〇一号室に入っていった。部屋の中で誰かと密会している可能性は充分ある。相手の姿はまだ確認できてないけどね」

そういって鵜飼は首からぶら下げた一眼レフをいとおしむように掌で撫でた。

「いずれにしても、水沢晋作が女と二人連れであの家から出てくれれば、そのときがシャッターチャンスだな。僕のカメラが決定的瞬間を捉えて、任務完了ってわけだ」

「そう上手い具合にいくかしら。向こうも警戒しているでしょうに」

「そりゃ幸運を祈るのみさ。ところで君は何の用で、ここに——え、陣中見舞い！」

瞬間、鵜飼の顔色がサッと青ざめる。「そ、それは有難いが……まさか君、性懲りもなく『特製牡蠣（かき）フライサンドイッチ』とか、作ってきたんじゃないだろうな」

以前の事件で朱美が腕によりをかけて作り上げた『特製牡蠣フライサンドイッチ』を鵜飼は食べてくれなかった（それは流平の口に入り、彼の胃袋を破壊した）。今回はそのリベンジだ。もちろん鵜飼の舌を唸らせる、特別な一手を用意してきたのだ。

朱美はバッグの中から、保温式のランチボックスを取り出した。蓋を開けて中身をずいと差し出すと、鵜飼は恐怖に顔を歪めながら、「な、なにかな、これは？」と声を震わせた。

「朱美さん特製『シメサバと赤唐辛子のホットサンドイッチ』よ。おいしそうでしょ!」

朱美はニッコリ笑顔で、サンドイッチを一個手にして、彼の前に強引に差し出した。

「さあ、召し上がれ!」

「食べなきゃ殺す、って意味だな。仕方がない。ひとつ死ぬ気でいただこう……」

恐る恐る手を伸ばす鵜飼。目を瞑り、温かなサンドイッチにかぶりつく。だが、次の瞬間、その表情はどんよりと曇り、口許はだらしなく半開き。潤んだ目には捨てイヌのような悲しみの色が滲んだ。彼の落ち込みようを見て、朱美はうろたえる。

「え、なに、シメサバ、嫌い? それならそうと、早くいってよ、水臭いんだから……」

「水臭いんじゃない! 生臭いんだよッ!」鵜飼は怒ったように食べかけのホットサンドイッチをランチボックスに叩きつけると、「だいたい、シメサバをパンに挟んで温めるなんて、発想が斬新過ぎるだろ! どこからそんな奇抜なアイデアが湧いてくるんだ!」

「……褒めてるの?」ひょっとして、おいしかった?

「悪いのは舌だけにしてくれ」憮然として、鵜飼はそっぽを向いた。「だいたい、サバっていう魚には寄生虫がいてだなあ、迂闊な人間が調理すると悲惨なことに……おっと!」

鵜飼が慌てた素振りで胸のカメラに手を伸ばす。彼の視線は雪だるまの肩越しにアパートへと向けられていた。急坂を二十メートルほど下ったところに、みゆき荘がある。その一階の端にある玄関扉が開き、いままさに何者かが姿を現そうとしているところだった。

「よし、二人で出てこい……出てきて、こっち向いてカメラ目線で静止しろ……」

あり得ない願望を口にしながら、鵜飼は一眼レフのファインダーを覗く。

現れたのは二人だった。中年男性と若い女だ。男は写真で見た水沢晋作に間違いない。女のほうは知らない顔だ。彼女の右腕は甘えるように男の左腕に絡みついている。

どうやら探偵の祈りは通じたらしい。密会直後の二人は、思いのほか無警戒だった。

朱美の横で鵜飼がシャッターを切る。カシャカシャカシャカシャ……連写式のシャッターがリズミカルな音を奏でる。

玄関を出た二人は雪の斜面に出た。二人とも、こちらに背中を向けた恰好だ。鵜飼はファインダーを覗き込みながら、苛立った声をあげる。

「こら、もう一回、こっち向け……坂道、上がってこい……」

だが探偵の願いとは裏腹に、カップルはこちらに背中を向けたまま、並んで坂を下りはじめる。次第に遠ざかっていく二人の背中。これにてシャッターチャンスは終了——と思われた次の瞬間、女がくるりと踵を返すと、真っ直ぐこちらを指差した。

バレたか！　思わず身をすくめる朱美。だが、女の表情は意外にも笑顔だった。女は男の腕を引いて、「ねえ、見て見て！　大きな雪だるまがあるよ！」といった。いや、いったかどうかは判らないが、そういう雰囲気に見えた。腕を引かれた中年男も、にやけた顔を雪だるまのほうに向ける。奇跡のシャッターチャンスは、こうして訪れた。

「おお、凄いぞ！　完璧なカメラ目線！　これぞ、まさに《雪だるま効果》だ！」

カシャカシャカシャカシャ……

夢中でシャッターを切る鵜飼の姿は篠山紀信のよう。だが、カップルは自分たちが激写されていることに、まったく気付いていない。純真無垢な雪だるまの背後に、腹黒い探偵が潜んでいるなどとは、想像もつかないのだろう。これも《雪だるま効果》のひとつと呼べるかもしれない（でも、《雪だるま効果》って、そもそも何さ？）。

やがて、カップルは再びこちらに背中を向け、みゆき坂を下っていった。二人の背中が見えなくなるのを待ってから、朱美と鵜飼は雪だるまの陰から姿を現した。

「どう、鵜飼さん、ちゃんと撮れた？」朱美がカメラの液晶画面を覗き込もうとすると、

「駄目だ」なぜか鵜飼は手にした一眼レフを遠ざける。「――後で見せてやるよ」

「いいじゃないよ、ケチ！」

朱美がカメラに手を伸ばす。鵜飼はカメラを触らせない。手を伸ばす朱美。逃げる鵜飼。

すると次の瞬間、彼の足許が雪の表面でツルリと滑る。

「うわ！」と鵜飼はその場で尻餅をついたかと思うと、「うわあぁぁぁ！」

探偵はカメラを抱えたまま、悲鳴を発しながら雪の斜面を滑り降りていった――

その翌日。依頼人、水沢優子は再び端正なスーツ姿で探偵事務所に現れた。

鵜飼は撮影した写真のすべてをテーブルにずらりと並べて、どんなもんだい、と誇らしげな表情。朱美は前回と同様に、一所員としてその場に立ち会った。

写真を見るなり、依頼人は「あッ」と小さな叫び声を上げた。写真に写る若い女性の顔に見覚えがあるというのだ。彼女は震える指で一枚の写真を摘み上げながら、

「この人は大崎（おおさき）さん、大崎茜（あかね）さんです。以前、娘の家庭教師としてウチにきてもらっていた女子大生――いえ、いまはもう彼女も就職して社会人になっているはずですが」

「なるほど。では、間違いなさそうですね。ご主人はかねてより面識のあった大崎茜さんと一昨日の夜に密かに会っていた。二人の関係が家庭教師時代から続いているのか、それとも最近関係するようになったのか、それは判りませんが……あ、奥様、どうか冷静に」

「キイイイィィ――」

悲鳴とも歯軋（はぎし）りともつかない奇怪な音。依頼人が屈辱と怒りを露（あらわ）にした瞬間だった。

ともかく、これにて鵜飼の任務は終了。探偵はけっして安くはない報酬を現金で受け取

り、一方、依頼人は夫の浮気の証拠となる写真を手に入れた。

朱美は、水沢優子に単なる好奇心で聞いてみた。

「その写真、どうお使いになるつもりですか」

「主人とは別れようと思います。この写真は離婚の際に、わたしを有利にしてくれるでしょう。主人からはそれ相応の慰謝料を、いただかなくてはなりませんから」

夫との全面抗争を宣言する水沢優子。その表情には近寄りがたい厳しさが滲んでいた。

水沢優子は鵜飼と朱美に対して丁寧な感謝の言葉を述べ、探偵事務所を後にした。

依頼人の去った事務所にて――。朱美はホッと溜め息を吐きながら、

「あの旦那さんの浮気、意外と高くつきそうね」と、哀れみ半分に呟いた。

鵜飼は封筒に入った現金をあらためて数え直しながら、

「確かにね。でも、後はあの夫婦の問題だ。泥沼の離婚劇になろうが、血で血を洗う夫婦喧嘩になろうが、我が探偵事務所は一切関知しない。探偵稼業ってのは、そういうものさ」

鵜飼は、もはや水沢夫妻に対する興味を失ったらしい。しっかりと現金を数え終えると、

「これにて一件落着」と宣言し、その封筒を手提げ金庫に仕舞った。

だが一件落着と思われた事件は、その三週間後、意外な展開を見せるのだった――

3

『鵜飼杜夫探偵事務所』に、みたび水沢優子が姿を現したとき、朱美はその女性が一瞬、誰だか判らなかった。浮気調査の一件からずいぶん時間が経ったということもあるが、いちばんの理由は彼女の佇まいにあった。彼女は酷く興奮していた。息遣いが荒く、視線は何かに怯えるように揺れ動いている。その顔は柿のように紅潮している。着ているものは三週間前とほぼ同じなのだが、端正で落ち着いた雰囲気は失われていた。

そんな、かつての依頼人に対して、鵜飼は冷静に語りかけた。

「やあ、これは水沢の奥様。どうなさったんですか、そんなに血相を変えて。どうです、ご主人との離婚話は順調に進んでいますか。慰謝料はいただけそうですか」

「そ、それが」水沢優子は息苦しそうに唇を震わせた。「主人は……主人は殺されてしまいました！　助けてください、わたし、警察に追われていますの！」

「な、なんですって」鵜飼の声が裏返る。「ご主人が殺された⁉　ほ、本当ですか⁉」

「ええ、本当です。でも、わたしじゃありません……わたしが主人を殺すなんて、そんな……しし信じてくださいますね、探偵さんッ」

「こ、興奮しないでください、奥様。少し落ち着きましょう」

水沢優子は軽い錯乱状態に陥っているようだ。彼女の身体を抱きとめながら、鵜飼は事務所の隅にある戸棚を指差した。「朱美さん、そこにあるブランデーを取ってくれ」

「判った」朱美は素早く戸棚に駆け寄るとブランデーの瓶を取り出した。グラスに注ぎ、すぐさま鵜飼に手渡す。「さあ、これを！」

「ありがとう」鵜飼はグラスを受け取ると、怯えた顔の水沢優子の目の前で、自らグラスの酒を飲み干した。「ふぅー、きくぅー」

「アンタが飲んでどーすんのよ、馬鹿ぁ！」朱美は鵜飼の頭をひっぱたく。

すると、ベタすぎるボケとツッコミのリラックス効果だろうか、錯乱状態だった彼女の表情に落ち着きが戻った。ブランデーの使い方として、これはこれで正解だったようだ。

冷静になった水沢優子はソファに腰を降ろすと、これまでの経緯を探偵に語った。

「あれからすぐに、わたしは例の証拠写真を主人に突きつけ、離婚を申し出ました。それと同時に、わたしは娘とともに主人の家を出ました。いまは姉の家で暮らしています。離婚交渉には時間がかかりますし、正式な離婚までの間、主人と一緒に暮らすことは苦痛でしかありませんから。それでも、必要な話し合いのために、主人の家に出向くことはときどきあります。今日もそうでした」

「今日は土曜日だ。ご主人も在宅ってわけですね。で、奥様が出向かれたのは何時ごろ？」

「午前十時です。門を入って家の玄関を開けようとしたところ、いきなり男性の呻き声が聞こえました。わたしはすぐに玄関から中に入り、リビングを覗き込みました。すると床の上に主人がうつ伏せに倒れているではありませんか。わたしはびっくりして主人のもとに駆け寄りました。大きな声で呼びかけましたが、反応がありません。ふと気付くと、倒れた主人の傍らには血の付いたナイフが転がっていました」

「あ、そのナイフはサスペンスドラマにありがちな、いわゆる《絶対拾っちゃいけないナイフ》ですね。それを拾った瞬間、無実の第一発見者が、殺人事件の犯人扱いされてしまう危険性がある。ということは、まさか奥様、そのナイフを──」

「はい、拾いました」アッサリ答える水沢優子。

やれやれ、というように鵜飼と朱美は顔を見合わせた。こうなった以上、後の展開はだいたい想像がつく。《絶対拾っちゃいけないナイフ》は、大抵の場合、《なぜか現場に居合わせる偶然の目撃者》とワンセットになっているものだ。

そう思って話の先を促すと、案の定、水沢優子はこう続けた。

「わたしがナイフを拾い上げた瞬間、背後で女の悲鳴があがりました」

「やはり、そういう展開ですか」鵜飼は呆れ顔で聞く。「で、誰です、悲鳴の主は？」

「主人の浮気相手、大崎茜です。彼女は寝間着姿で立っていました。わたしが家を出たのを幸いに、彼女はあの家に寝泊りしていたようです。まったく、図々しい女ですわ」

「なるほど。それで、大崎茜はあなたを見てなんと？」

「彼女は振り向いたわたしの顔を見て、もう一度悲鳴をあげました。わたしが主人をナイフで刺し殺したと、そんなふうに早合点したようです」

「ふむ、そう見られても仕方ない状況ですね。それで、奥様はどうなさいました？　まさかナイフを持ったまま、『違う違う、わたしじゃない、わたしじゃない！』って、右手をブンブン振り回す――というような誤解を招く真似は、なさらなかったでしょうね」

「…………」水沢優子は返事もせずに俯いた。

どうやら誤解を招く行動はあったらしい。『水沢優子は恐ろしい形相でわたしに刃物を向けると、激しく威嚇してきました』――警察関係者にそう証言する大崎茜の姿が目に浮かぶ。

「わたしは怖くなってしまい、ナイフを放り捨てて、家から飛び出しました。あとはもう、どこをどう逃げたのか、自分でも判りません。気が付くと、わたしは探偵事務所の入口に立っていました――」

水沢優子は絞り出すような声で、一連の話を締めくくった。

「よく判りました」鵜飼は頷き、頬のあたりを指先で掻いた。「まあ、お気持ちはよく理解できますよ。しかし取った行動は最悪でしたね。やましいことがないなら、奥様はやはり逃げるべきではなかった」

「おっしゃるとおりです。わたし、すっかり気が動転してしまって……」

「しかし、済んだことは仕方がない。大事なのは今後の対応です。逃げてばかりいても埒が明きません。奥様の無実を証明するような術はないか。それを考えましょう」

「はあ、例えば、どういったことでしょうか」

「いちばんの方法は、真犯人を捕まえることですが――奥様に犯人の心当たりは？」

「それならありますわ」彼女は確信を持った口調で、その名を告げた。「大崎茜です。だって、彼女は現場にいたじゃありませんか。わたしの姿を見て悲鳴をあげたのは、それらしい演技で、実際はあの女が主人を刺し殺したのですわ。間違いありません」

「なるほど。あり得ることです。しかし、大崎茜がいまこの時点でご主人を殺して、なにか得することでもありますか」

「そんなこと、知りませんわ。二人だけの特別な事情があったんでしょう」

要するに、水沢優子が大崎茜を容疑者と見なすのは感情論であって、具体的な根拠があってのことではない。探偵は質問の矛先を変えた。

「最近のご主人の行動に不審な点は？　誰かと争っていたとか、なにかに怯えていたとか」

「主人はわたしと離婚を巡って争っていました。わたしに対して怯えていたようです」

じゃあ、やっぱりこの人が犯人なんじゃないの？　朱美は素朴な疑いを抱いた。

すると、水沢優子がふと何かに気が付いたように「そういえば」と口を開いた。

「不審な点といえるかどうかは判りませんが、ひとつ気になることが。主人はわたしから離婚を切り出されたとき、最初は非常にそれを渋っていました。離婚自体を嫌がっていたのではありません。むしろ多額の慰謝料を請求されることを恐れていたようです」

「無理もありませんね。ご主人の立場では、慰謝料を免(まぬが)れることはできない」

「ところが、そんな主人が、あるときを境に突然、態度を変えました。『いいぞ、いつでも別れてやる』――そんなふうに急に強気になったのです」

「ほう、奇妙ですね。なにか理由があったのですか？」

「判りません。時期的には十日ほど前だったと思いますが」

「では、そのころ何かキッカケがあったのでしょう。奥様に心当たりは？」

「さあ、十日前といえば……」水沢優子は腕組みをして、しばし黙考。やがて顔を上げると、「そういえば、ちょうどそのころ、主人がわたしにおかしなことを要求してきたことがありました」

「おかしなこと、というと？」

「写真です。例の浮気の証拠写真、あれを見せてくれと言い出したんです。それも、全部」

「全部？　僕が撮影した写真、全部ですか。結構な枚数ですよ。僕はあのとき調子に乗って無駄に何回もシャッターを切りましたからね」

無駄に撮影されたすべての写真は、依頼人である彼女の手に渡されている。

「ええ、それらの写真を全部見せてほしいと、主人はいいました」

「それは、離婚を切り出した段階で、すでにご主人に見せたことのある写真ですよね」

「はい。ですから、なにをいまさらと思ったのを覚えています」

「それで、奥様はいわれるままに、写真を全部、ご主人に見せてあげたのですか」

「ええ。べつに隠す理由はありませんし、もし写真に難癖をつけるというのなら、どういう難癖をつけるのか、聞いておこうと思ったのです。わたしは、喫茶店で主人と会いました。ですが、実際に写真を渡してみると拍子抜けでした。難癖をつけるどころか、主人は写真をじっくり見るでもなく、ただパラパラと眺めただけで、『判った、もういい』といって、すぐに写真をわたしに返したのです」

「それだけ？　それだけのことで、ご主人は急に離婚に応じるように態度を変えた？」

「はあ。それがキッカケだったのか、どうなのか、わたしにも判りませんが……」

そのとき、彼女の言葉を遮るように、探偵事務所の扉が乱暴に開かれた——


「邪魔するぞ」最初に現れたのは、茶色いトレンチコートの中年男性。

「邪魔します」次に現れたのは、コートを手に持った背広姿の若い男。

二人の姿を見るなり、鵜飼はギョッとした様子。しかし、すぐさまソファから立ち上がると、二人のもとに歩み寄り、中年男性のほうに向かって握手の右手を差し出した。

「やあ、これは珍しい。砂川(すながわ)警部じゃありませんか。ずいぶん久しぶりですね。ひょっとすると、かずら橋のたもとで一緒にエグザイルを踊って以来ですか」

「誤解を招く言い方はやめたまえ」砂川警部は思い出したくない、といった表情で呟く。

そんな警部は鵜飼の右手を軽く無視。鵜飼は渋々右手を引っ込めながら、

「とにかく、生存が確認されて良かった。最近とんと姿を見ないので、とっくに殉職されたのかと思いましたよ。そう——あの、かわいそうな志木(しき)刑事のように」

「こら、勝手に殺すな！」横から顔を突き出してきたのは、若いほうの男——志木刑事で

ある。「確かに、川に流されて滝に落ちたが、死んじゃいないぞ。そういう、おまえの手下はどうしたんだ？　奴のチャラチャラした男の姿が見えないが、あいつは死んだのか？」

「チャラチャラした……ああ、流平君ですか。ええ、彼は死にました」

鵜飼はアッサリ自分の助手を殺すと、二人の刑事に尋ねた。「ところで、烏賊川署が誇る最強コンビが、この僕になんの依頼ですか」

「依頼なんかするか！」吐き捨てながら、砂川警部は鵜飼の傍らを素通り。そして、ソファに座る中年女性の前に立ちはだかった。「水沢優子さんですね。水沢晋作殺害事件について、お話を伺いたい。署までご同行いただけますか？　ご同行いただけますね!?　ご同行いただきますよ！」

首に縄をつけてでも、といわんばかりの警部の気迫。志木刑事も有無をいわさずに、彼女の腕を右手で摑む。すでに水沢優子が夫殺しの真犯人であることは、彼らの中で決定事項となっているらしい。

そんな彼らの振る舞いに憤(いきどお)ったのか、「待ってください！」と鵜飼が怒りの声を発した。

「その人は僕の依頼人です。たとえ警察でも依頼人に手荒なことをするようなら、この僕が許しませんよ！」

するると、砂川警部は眼光鋭く探偵を睨み付け、

「たとえ探偵でも、容疑者をかくまうような真似をするなら、我々警察が許さんよ」

「まあまあまあまあまあまあまあ……慌てないでくださいよ、警部さん」

慌ててるのはアンタだろ、と朱美は呟く。鵜飼はなおも卑屈な愛想笑いを続けながら、

「はは、かくまうだなんて、そんな。僕はただ事を穏便に済ませたいだけなんですから」

この僕が許しません！　と啖呵を切ったアレはいったいなんだったのか。探偵の振る舞いに失望した朱美は、意気地なしの彼に成り代わって抗議した。

「刑事さん！　彼女を犯人扱いするのは一方的過ぎます。なにか証拠でもあるんですか」

「証拠はないが目撃者がいる。死体の傍でナイフを持つ水沢優子の姿を目撃した女性がな。彼女の証言によれば、水沢優子は恐ろしい形相でその女性に刃物を向けると、それをブンブン振り回しながら激しく威嚇してきたそうだ」

「…………」ああ、大崎茜！　期待どおりの勘違いを！

「そういうわけだから、間違いはない。君たちも余計な手出しは無用だよ」

そういって、砂川警部はあらためて重要容疑者に同行を求めた。水沢優子はソファから立ち上がると、おとなしく警部の要求に従った。その表情は死刑宣告を受けた被告人のよ

うに青ざめている。そんな彼女の背中に向かって、朱美は思わず励ましの言葉を送った。

「大丈夫ですよ、心配しないで！　あなたの無実は、きっと……きっと、この鵜……い、いいや、なんでもありません！」

「え、なに⁉」水沢優子が期待のこもった目で振り返る。「いま、なんていいましたの⁉」

「なんでもありません！　なんにもいってないから、変に期待しないでください！」

折れそうなほど首を振る朱美。たちまち水沢優子の表情に深い落胆の色が浮かぶ。すると、さすがにいたたまれなくなったのだろう、沈黙していた探偵が、前に一歩進み出る。そして彼は自らの左胸を拳で叩きながら、力強く宣言するように言い放った。

「ご安心ください、奥様！　あなたの無実は、きっとこの鵜飼杜夫が証明して差し上げますよ！　どうか大船に乗った気持ちで、朗報をお待ちください！」

瞬間、彼女の表情がパッと明るくなった。よろしくお願いいたします、と小さく頭を下げる水沢優子。瞬間、鵜飼の表情は強張り、朱美は胸が痛くなった。

二人の刑事に左右をガードされたまま、水沢優子は探偵事務所を出ていった。

階段を下りていく刑事たちの会話が、探偵事務所に響いてくる——

「警部、なんか僕たち下っ端の悪役みたいじゃないですか？」

「そんなことはない。我々は正義に則って行動するのみだ！」

やがて、刑事たちの声も聞こえなくなると、朱美は再び事務所の中に目を移す。先ほど自信満々に胸を叩いていた鵜飼が、いまはドシンドシンと拳で壁を叩いていた。

「畜生、ちっくしょう！　僕って奴ぁ、なんでまた、あんな余計なことを！　無実を証明できる保証なんてなーんにもないってのに！　ああもう、どーすりゃいいんだ、この先！」

自己嫌悪に陥る鵜飼を見て、朱美もさすがに「ゴメンね」と謝るしかなかった。

4

それから数時間後の探偵事務所――

自己嫌悪から立ち直り、普段の軽薄そうな表情を取り戻した探偵は「まあ、いいさ」と開き直った笑みを浮かべながら、テーブルの上に三十枚ほどの写真をずらりと並べた。

「その場の勢いとはいえ、砂川警部の前で偉そうに断言した以上は仕方がない。依頼人の無実を証明するのみだ。じゃないと、向こう三年ほど笑いのネタにされてしまうからな」

前向きなのか、そうでもないのか、朱美にはこの男の考えはよく判らない。とにかく、彼がやる気になってくれるのなら、朱美としても救われるというものだ。

「で、この雪の日に撮った写真が手掛かりってわけね」

「そうなってくれればいいけどね」と鵜飼は曖昧に答える。「これらの写真と水沢晋作殺害とが、直接関係するかどうかは、正直よく判らない。晋作がこの写真を見て、急に離婚に前向きになった、というだけの話だ。だけど、晋作殺しと今回の離婚話が、まったく無関係とも考えにくいだろ」

「そうね。確かに、なんらかの繋がりはありそうだわ」

朱美は並んだ写真を覗き込む。その隣で鵜飼も食い入るように同じ写真を見詰めた。

「ふむ、どう見ても、ここに写っているのは、仲のいい不倫カップルだけみたいだな」

「だけってことはないんじゃないの？　坂の下には走ってる車も見えるし、家やアパートも写ってるわ。それに人の姿だって――」

「人の姿？　どこに？」

「ほら、ここに」朱美が一枚の写真を手に取り、その一部分を指先で示した。

それは坂下に建つ一軒家だ。なかなかの豪邸で雪を載せた三角屋根に特徴がある。その家の庭先に、黒っぽい人影が写っている。あのとき鵜飼は坂の上からカメラを構えていた。そのため、坂下のお屋敷の庭を歩く人の姿が、偶然斜め上から写りこんでしまったのだ。

「ね、これって、人でしょ？」

鵜飼は拍子抜けしたように「確かにね」と呟き、椅子の背もたれに上体を預けた。

「だが、人っていっても豆粒みたいな大きさじゃないか。しかも後ろ姿だ。男か女かも判らない」

「まあ、それはそうだけど……」

そのとき、探偵事務所の扉が勢いよく開き、呼ばれてもいないあの男が姿を現した――

「おや、なにやってるんですか、二人とも。珍しく深刻そうな顔して」

軽口を叩きながら事務所の中に足を踏み入れてきたのは、スタジアムジャンパーにジーンズ、首にカラシ色のマフラーを巻いた若い男。探偵の弟子、戸村流平である。

朱美は視線だけを彼に向け、短い感想を口にした。「あら流平君、生きてたのね」

「はあ、いきなりなにいってんすか、朱美さん」流平はジャンパーの胸を親指で差して、得意げな顔。「こう見えても、僕はいままでいっぺんも死んだことがないんですよ」

「へえ、そうだったの」

先ほど、いっぺん死んだことにされた事実を、彼はまだ知らない。朱美は流平を殺した張本人に顔を向ける。鵜飼はとぼけるように、目の前の写真をまた一枚手に取った。

「ああ、流平君、ちょうどいいところにきてくれた。実はこの写真なんだが……ああ、えぇっと……いや、君に聞いても仕方がないか」

「駄目よ、鵜飼さん、諦めないで！　三人寄れば文殊のナントカっていうじゃない。あのね、流平君、この写真を見てなにか気が付く……ああ、そうね……やっぱりいいわ」

不思議なことだが、戸村流平という青年ほど、他人に期待感を抱かせない人物はいない。彼に期待するぐらいなら、道端のノラ猫に道を聞くほうがマシだと、本気でそう思える。

「な、な、なんですか二人とも、僕のことを『戦力外になったかつてのドラフト一位選手』を見るような目で見て。なんか、不愉快ですね」

口をへの字にする流平。だが自分を『かつてのドラフト一位選手』と思えるだけ、彼は幸せだ。朱美はおめでたい青年のことは放っておき、再び写真に視線を落とす。

すると、流平も必死で仲間に加わろうと、強引に横から首を伸ばしてきた。

「へえ、この写真って、例の雪の日に撮ったやつですね。ふーん、これが鵜飼さんのいっていた『雪だるまに向かってカメラ目線をするバカップル』ですかー。なるほどー」

そういう会話が過去に師匠と弟子との間で交わされていたらしい。バカップル呼ばわりされた水沢晋作と大崎茜が聞いたら激怒するだろう。朱美がそんなことを考えていると、流平はなんの前触れもなく「あ、そういえば」といって、いきなり話題を転じた。

「知ってます？　あの日、烏賊川市立大学の教授が首を括って自殺したらしいですよ」

多くの人は忘れているが、烏賊川市立大学は、かつて戸村流平が通い、そして中退を余儀なくされた彼の母校である。その教授が自殺したという事件は、興味深いといえば興味深い話ではあるが――

「ん、自殺⁉」鵜飼は腑に落ちない表情で聞き返した。「なんでいま突然そんな話が出てきたんだ？　大学教授の自殺なんて、誰も話題にしてないだろ」

すると、流平は目の前の写真を顎で示しながら、平然といってのけた。

「だって、ほら、そこに写っているじゃありませんか、その大学教授の家が」

「なんだって！」鵜飼はいきなり中腰になると、流平の前に手許の写真を突き出した。

「どこだ、どこに写ってるって？」

「ここですよ、ほら、この坂下に大きな家があるでしょ。これが佐々木教授の家です」

その瞬間、朱美は「あッ」と声をあげた。

流平が指し示したのは、三角屋根が特徴的な一軒家。

庭先には豆粒みたいな大きさの人の姿が写りこんでいる――

5

翌週の月曜日。鵜飼と朱美は烏賊川市立大学の教養部の喫茶室を訪れていた。室内は昼食をとる学生でいっぱいだが、屋外のテーブル席は真冬のこの時期、猫たちしかいない。教養部のこの場所を餌場にする猫たちには、『教養猫』という素敵な名前がついている。

鵜飼は、膝に乗せた茶トラの教養猫の背中を撫でている。朱美は無言のまま珈琲を啜っている。鵜飼が教養のなさそうな教養部の学生を横目で見ながら、ボソリと呟いた。

「彼らの目にはこの僕の姿が、新米の准教授かなにかに、見えているんだろうな」

それはないんじゃないの？　どう見ても不審者よ。朱美は心の中でそっと呟きながら、

「彼らの目にはあたしの姿が、素敵な女子大生のように、見えてるんでしょうね」

「それはないんじゃないか？　どう見ても世間慣れした年上のお姐さんだぞ、君は」

「…………」そんなはずはない！　ここの学生たちと自分とは、ほんの三、四歳しか違わないはず。よーく混ざり合っていれば、見分けなどつくものか！　朱美が憤っていると、

「鵜飼さーん、連れてきましたよー」戸村流平の声が遠くから響いてきた。

流平は背後にひとりの女の子を従えている。身体にフィットした薄手のダウンジャケットにチェックのスカート。黒髪を頭の両側で結っている。手にした小さなハンドバッグは可愛らしいピンクだ。

彼女の醸し出す女子大生のキラキラしたオーラを、朱美はなぜか眩しく感じてしまう。

流平は鵜飼の前に歩み寄ると、さっそく傍らの女子大生を鵜飼に紹介した。

「彼女が教授の自殺を発見した女の子です。文学部二年、小松綾香さん。学内では、『准教授殺し』の異名を持つそうです。若い准教授に人気なんですね。でも佐々木教授の死体を発見して以降は『リアル教授殺し』との噂が囁かれているのだとか。――間違いない？」

「間違いないですけど、間違いだらけですー」

そういって小松綾香は身をよじる。「綾香、とっても困ってるんですー。変な噂を立てられてー。だけど綾香、殺してませんよー。佐々木教授は自殺ですからー」

小松綾香は赤らめた頬に手を当て、可愛らしく首を振る。なるほど、『教授殺し』はともかく、『准教授殺し』の容疑は相当に濃いな。朱美はキャンディボイスの彼女を警戒した。

「まあ、座りなさい」鵜飼は綾香に椅子を勧めると、「君、こいつを頼む」といって教養猫を流平に託し、あらためて前を向いて自己紹介。「僕は鵜飼杜夫というケチな探偵だ。実は、佐々木教授の死について知りたいと思ってね。それで君を呼んだんだ。もちろん、それ相応の礼はさせてもらうつもりだよ」

「え、そうなんですかー」綾香の眸（ひとみ）が現金に輝いた。「じゃあ、買いたいものもあるし、いいですよー。でも、なにをお話しすればいいんですかー」

「まず君が佐々木教授の死体を発見したときの状況から教えてくれないか。——あ、君、できれば語尾は伸ばさずに、テンポよく頼むよ」

「はーい、判りましたー」

と、まるで判っていない返事をしてから、綾香はようやく説明を始めた。

「忘れもしません、あれは三週間ほど前。雪が降った土曜日の午前十時のことです……」

綾香は佐々木教授の死体発見に至る経過を詳細に語った。綾香の他に青山教授と森准教授の二人が同じメールで呼び出されたこと。不審を感じた三人が、屋敷に上がりこんだこと。やがて二階の一室で、青山教授の悲鳴が響いたこと、などなど——

「……青山教授の悲鳴を聞いて、わたしと森先生はその部屋に飛び込みました。その部屋は佐々木教授の寝室らしくて、壁際に立派なベッドがあって……その上で佐々木教授が横たわっていました……教授は首にガウンの腰紐を巻いた状態で死んでいました……」

「ん!?」疑問の声をあげたのは、教養猫を抱く流平だった。「その死に様だと、佐々木教授は誰かに首を絞められて死んだってこと？　だったら、自殺じゃなくて他殺じゃん」

「いえ、腰紐は教授の首に三周ほど巻かれた上で、しっかりと結ばれていたんです。そんなふうに自分で自分の首に紐状のものを結び付けても、自殺って出来るらしいですよ」

「そうなんですか、鵜飼さん？」流平が半信半疑の面持ちで聞く。

「ふむ、確かにそういうケースもあるらしいね。だけど、あまり一般的じゃない。警察は殺人の可能性を考えなかったのかな？」

「殺人じゃありませんよー。だって、足跡がないんですからー」

「足跡って⁉」鵜飼と流平の声が揃う。「どういうこと⁉」

「佐々木教授が亡くなったのは、午前九時前後のことらしいんです。つまりわたしたちの携帯にメールが届いたころですね。でも、仮に午前九時に誰かが佐々木教授を絞め殺して逃げたのなら、庭の雪の上には犯人の足跡が残るはずですよね。その時点で雪は完全に止んでいたんですから」

「なるほど、そうなるね。――では、逃走する犯人の足跡はなかったわけだ」

「はい。わたしたちが門を入ったとき、庭先に残されていた足跡は、ただひとつ。それは佐々木教授の足跡でした。教授の足跡だけが、門から屋敷の玄関へ向かって真っ直ぐに伸びていました。他に足跡はありません。屋敷の裏にも表にも」

「ふむ、つまりこういうことかな。雪の降り止んだ朝、佐々木教授は外出先から帰宅した。教授は降り積もった雪の上に足跡を残しながら、庭を横切り屋敷に入る。寝室へと向かった教授は、午前九時ごろに君たちにメールを打つ。それから教授はガウンの腰紐を自ら首に巻きつけ、自殺を遂げた──」

「ええ、警察もそんなふうに考えたようです。わたしたちにメールを打ったのは、自分の死体を早いうちに発見してほしかったからだろうと」

「なるほど、筋は通っているね。ふむ、ということは──」

鵜飼は傍らの鞄から茶封筒を取り出した。中には問題の写真の束が入っている。鵜飼はその中から、適当なものを一枚抜き出して、綾香の前に差し出した。

「君の話からすると、ここに写っている人影は、佐々木教授ってことになるね」

鵜飼はその写真が雪の日の午前九時ごろに撮影されたものだということを説明した。

「へえ、こんな写真があったんですねー」綾香は興味深そうに写真を覗き込む。「この写真じゃ、佐々木教授か誰か判りませんけど、確かに時間的に見れば、佐々木教授なんでしょうね。庭を横切って玄関に向かう教授の後ろ姿が、偶然写りこんだんだと思いますー」

「そうか。ふうむ──確かに、それで説明はつくけど」

鵜飼は手許に残った写真の束を左手に持ち右手でパラパラと捲りながら、難しい顔で呟く。だが、やがて手の動きを止めると、あらためて綾香に尋ねた。

「念のため聞くけど、門から玄関に続く足跡は、まず佐々木教授の足跡がひとつ。それから君と青山教授と森准教授のものが三つ。それだけなんだね。他に怪しい足跡が見つかったなんてことは、ないんだろうね」

「ええ、ありません。だから警察は自殺と考えたんだと思います」

「ちなみに、君、その日はどんな恰好をしていたのかな？」

「え、その日のファッションですかー」なぜそんなことを聞くのか、と不審そうな顔をしながらも、綾香はちゃんと答えた。「下は細身のデニムパンツ、上はセーターにダウンジャケット。いま着ているやつですねー。あと、このピンクのバッグを持っていましたー」

「そうか。ちなみに聞くけど、水沢晋作という人の名に心当たりは？」

「いいえ、知りません。誰ですかー、その人？」

「いや、いいんだ。君が知ってるはずがない――」

そういいながら、再びパラパラと手許の写真を捲る鵜飼。やがて彼は写真をテーブルに置くと、「ありがとう、参考になったよ」と綾香に向かって微笑んだ。

もちろん、がめつい女子大生は微笑みで誤魔化されることはない。綾香は探偵の前にずいと右手を差し出して、

「それじゃー、約束の謝礼をお願いしますねー」と、邪気のない笑みを浮かべる。

「ああ、そうか。それ相応の礼をするんだったね、忘れていたよ」鵜飼はパチンと指を鳴らすと、傍らの助手に向かって、「じゃあ流平君、例のやつを彼女に――」と真顔で命じ

た。

「判りました」と流平は教養猫をテーブルに置くと、すっくと椅子を立つ。そして彼は目にも止まらぬスピードで、「ありがとうございましたッ」と上半身を直角に折り曲げた。

「…………」一瞬なにが起こったのか判らずにポカ～ンとしていた小松綾香は、数秒後、ようやく状況を理解したようだった。「あー、なるほどなるほどー、『それ相応の礼』って、『謝礼』のことじゃなくてー、文字どおり『礼』って意味だったんですねー」

「まあ、そういうことだね」鵜飼は悪びれる様子もなく平然と頷く。「だから最初にいっただろ。僕は『ケチな探偵だ』って」

「なるほどー、判りましたー、そっちがその気ならー」

小松綾香はいきなり探偵の胸倉を掴むと、甘ったるい声から一転、ドスの利いた声を張り上げた。「こっちも容赦しねえぞ、このボケ探！　礼っていや、札に決まってんだろうが！　訴えられてーのか、ああん！」

「い、いえ、ぼ、僕は、け、けっして、そ、そ、そんなつもりじゃ……」

結局、鵜飼は小松綾香の多大なる協力に感謝して、大枚一万円を謝礼として進呈した。

綾香は彼の手から札を奪い取ると、再び態度を一変させて、

「ありがとうー、探偵さーん、また会いましょうねー」

とキャンディボイス&エンジェルスマイルを振りまきながら、去っていった。

「実質、カツアゲに遭ったようなものね」

「いや、カツアゲより、恐ろしいっすよ」

朱美と流平は、いまどきの女子大生の実態を目の当たりにして目を丸くする。

だが当の鵜飼は少しも懲りていないらしく、朱美の目にはむしろ上機嫌に見えた。なぜなら彼はテーブルの上の教養猫の首筋を撫でながら、しきりと猫に話しかけているのだ。

「にゃるほどにゃー、そういうことだったんだにゃー」

6

その日の夜、佐々木教授の屋敷のリビングに事件の関係者が集められた。

砂川警部と志木刑事の警察コンビ。彼らに夫殺しの容疑を掛けられた水沢優子。それから佐々木教授の死体を発見した青山教授と森准教授、小松綾香の三人。もちろん鵜飼杜夫と二宮朱美の姿もそこにあった。戸村流平は——いや、流平の姿はどこにもない。彼は事件の関係者とは見なされなかったようだ。朱美は鵜飼に抗議の視線を向けた。

「かわいそうよ。流平君も呼んであげればいいのに。仮にもあなたの弟子でしょ」

「流平君!? あ、忘れてた」鵜飼はシマッタという表情。「まあ、いいさ。彼は必要ない」

そういう鵜飼は、普段はあまり持たない黒い鞄を手にしていた。

ともかく、関係者がほぼ一堂に会する中、まずは最年長の青山教授が不満の声をあげた。

「これはどういうことですかな、刑事さん。我々をこんな場所に呼び出して、いったいなにを始めようというのですか」

「いや、それがですね」砂川警部は額の汗を拭うと、壁際の鵜飼を指差した。「実は、そこにいる探偵が関係者を集めろと強硬に言い出しまして、それでこんなことに――」

「探偵!?」森准教授が身長百八十センチの高さから鵜飼を見下ろす。「なんで警察が探偵の注文をいちいち聞いてやるんですか。そこの彼が、金田一耕助(きんだいちこうすけ)や明智小五郎(あけちこごろう)ばりの名探偵だとでも?」

「いえ、そうは申しませんが、まあ、とにかく彼の話を聞いてみようじゃありませんか。それで納得がいかなければ、後は皆さん、殴るなり蹴るなり引きずるなり、好きにしていただいて結構ですから」

警部の過激な発言に、小松綾香が眸をキラキラさせた。

「納得できなければ半殺しですかー。だったら探偵さんのお話、ぜひ聞きたいですー」

綾香の物騒な言葉に一同が頷く。すると鵜飼がようやく一歩前に進み出た。

「なに、お時間は取らせませんよ。ただ写真を見ていただきたいだけです」

そういって鵜飼はテーブルの脇に鞄を置くと、中から一枚の写真を取り出してテーブルの上に置いた。雪の日に鵜飼が撮った写真の中の一枚だ。一同は輪になってその写真を覗き込む。鵜飼はその写真について、解説を加えた。

「真ん中に写っている中年男は水沢晋作。そこにいる水沢優子さんのご主人です。隣にいる女性の顔がマジックで塗りつぶされていますね。実はコレ、浮気の証拠写真でして、不倫相手の顔はお見せできません」

悪しからずご了承を、といって鵜飼は話を続けた。

「この写真を撮影したのは、三週間ほど前の雪の日。撮影したのはこの僕で、撮影時刻は午前九時ごろです。――ほら、よく見てください。写真の背景に、佐々木教授の屋敷が写りこんでいるでしょう。そして庭先には何者かの後ろ姿が見えますよね」

鵜飼は一同の顔を見回しながら尋ねた。「これ、誰だか判りますか？」

「これは佐々木教授です」綾香がいう。

「確かにそう考えられるな」森准教授が頷く。

「時間的に見て間違いない」青山教授も同意した。

すると三人の意見が一致するのを待っていたかのように、鵜飼が大きく首を左右に振る。

「いいえ、残念ながら、これは佐々木教授ではありません」

「なぜだ!?」青山教授が気色ばんだ声をあげる。「なぜ、そう断言できる!」

「そうだ、別人かどうか、この小さな人影からでは判断できないはずだ」と森准教授。

小松綾香も頷いた。「だいいち、この人は後ろを向いていますー。顔が見えませんー」

三人の抗議を一身に受けながら、しかし鵜飼は涼しい表情を変えなかった。

「確かに、このたった一枚の写真からでは、それを判断するのは無理です。が――」

そういって鵜飼は鞄の中から、今度は三十枚ほどの写真の束を取り出した。

「僕はこれらの写真を連写モードで撮影しました。この写真は一枚だけで存在するのではなく、これら連続する写真の中のひとコマに過ぎません。連続する写真――例えば映画やアニメーションがそうですね。ということは、これらの写真は見方しだいでは動画としても見ることができるということです。つまり、こんなふうに――」

鵜飼は束になった写真の左端を手で持ち、右端に添えた親指を滑らせる。数多くの写真が、パラパラと一定のリズムで捲られていく。鵜飼は同じ動作を繰り返しながら、

「お判りですね。僕らが高校時代に教科書の隅に描いたパラパラ漫画と同じ要領です」

彼にとって、それは高校時代の思い出らしい。パラパラ漫画は、普通は小学生がやる遊びだろうと朱美は思うが、それはともかく――

砂川警部が不思議そうな顔で鵜飼に尋ねる。「パラパラ漫画の要領で、その写真を見たら、それがどうだというのかね？　豆粒みたいな人影が、急に大きく見えるとでも？」

「それとも、後ろ姿の人物が急に振り向いてくれるとでも――はは、そんな馬鹿な！」

志木刑事も茶化すようにいう。しかし鵜飼はそんな刑事たちに平然と頷いた。

「ええ、もちろん人影が大きく見えることはありませんし、振り向いてくれるわけでもありません。ですが、この人影が佐々木教授でないことだけはハッキリ判ります。論より証拠。とにかく、皆さんに見てもらいましょう。写真に顔を寄せていただけますか」

一同は怪訝な表情のまま、鵜飼の手許に顔を近づける。鵜飼は一同の前で、写真をパラパラと捲った。パラパラパラパラ……。最後まで捲り終えると、また最初からもう一回、パラパラパラパラ……さらにもう一回、さらにもう一回……繰り返すうちに、一同の間に奇妙なざわめきが湧き起こった。

「なんだこれ？」「なんだか変だわ！」「人影が動いてる!?」「でも、動きが変です！」

一同の声を代弁するように、砂川警部が指を一本立てた。

「よく判らないが、確かに奇妙な動きをしているようだ。君、もう一回頼む！」

警部のリクエストに応えて、鵜飼が再びパラパラパラと写真を捲ると――

「判った！」「わたしも判りましたわ！」「バックしてる！」「そうだ、バックしてるぞ！」

「ホントだー、この人、バックしてますー」

朱美の目にも、写真の人影の特徴的な動きが、ようやく理解できた。カメラに背中を向けた人影は、一見、普通に歩いているかに見えて、実は後ろ向きに歩いているのだ。

「鵜飼さん！　この人、門から玄関に向かっているんじゃなかったのね」

「そうだ。この人物は玄関から門へと後ろ向きに歩いている。この意味、判るだろ？」

探偵の言葉に、再び一同が顔を寄せ合い、ざわめきはじめた。

「トリックだ」「確かにトリックだわ」「古典的な足跡トリックだな」「ていうか、古臭いですー」「いまさらこんな手を使う奴がいるとは」「それに騙される警察もアレだが」「まあ、烏賊川署のことだし」「烏賊川署ですしねー」

散々ないわれように、砂川警部と志木刑事は赤面しながら沈黙するしかない。

一方、鵜飼は勝ち誇った顔で、ひとつの結論を語った。

「見てのとおり、この写真の人物は雪の上をバックしながら、偽りの足跡を残そうとしているわけです。佐々木教授が、こんな真似をすると思いますか。もちろん、そんなはずはないでしょう。このようなトリックを弄する人物といえば、犯人。つまり、これは佐々木教授を自殺に見せかけて殺害した真犯人の姿に違いありません」

呆気(あっけ)に取られる一同を前に、鵜飼はこの古典的な足跡トリックについて解説を加えた。

「犯人と佐々木教授は雪が降り止む以前に、すでに建物の中にいたのでしょう。そして翌朝、犯人は佐々木教授を殺害する。このとき雪は止んでいて、庭には一面の雪。この状態で犯人が普通に逃げれば、雪の上には犯人の足跡が残ってしまう。そこで犯人は被害者の靴を履き、雪の上を後ろ向きに歩いて逃走する。後から何も知らない人が見れば、門から玄関へ向かって佐々木教授の足跡だけが残されているように見える。逆に、犯人の足跡はどこにもないので、佐々木教授はひとりで自殺したかのように見える——」

鵜飼はそこまで説明すると、一同の顔を見回した。

「とまあ、これはただそれだけの簡単なトリックです。しかし、このトリックを完全なものにするためには、最後に大事なひと仕事が必要となります。それは拝借した被害者の靴を、もとあった玄関に戻しておく、という仕事です。被害者の足跡はあるのに、玄関にそれに該当する靴がなければ、辻褄(つじつま)が合いませんからね。犯人はこの仕事を、どうしてもやらざるを得ない。では、この仕事を実行できたのは誰か。いうまでもなく、死体を最初に発見した三人——つまり青山教授、森准教授、そして小松綾香さん、この中の誰かに違いありません。佐々木教授を殺した犯人は、この三人の中にいます」

鵜飼の話を聞いた途端、いままでひと塊(かたまり)だった集団が、二つに分かれた。殺人の容疑者三名と、それ以外の人たちだ。鵜飼は容疑者たちのほうを見やりながら、話を続けた。

「では、三人の中の誰が犯人なのか。森准教授か。彼は現場に重そうなリュックを背負って現れたそうです。そのリュックの中に被害者の靴が隠されていたという可能性は充分に考えられます」

「な、なにをいうんだ、君……」

反論しようと口を開く森准教授。だが、鵜飼は先回りするようにいった。

「しかし、森准教授には無理でしょう。見てのとおり、森准教授は身長百八十センチほどもある大男です。背の高さと靴のサイズが完全に比例するわけではないにしても、小柄な佐々木教授の靴を森准教授が履いて、まともに歩けるとは思えません」

「ん!? そうとは限らんのじゃないかね」反論したのは砂川警部である。「きちんと履くことは難しいとしても、靴の踵を踏んで履けば、歩くことぐらいはできるんじゃないか」

「確かに前に歩くだけなら、それでもいいでしょう。しかしバックは無理です。靴の踵を踏んだ状態で雪の上をバックで歩こうとすれば、靴は簡単にすっぽ抜けてしまいますよ」

なるほどそうだ、と賛同の声が湧きあがる。砂川警部も無言で引き下がるしかなかった。

「では、犯人は小松綾香さんか。しかし彼女にも無理でしょう。彼女は現場に小さなピンクのハンドバッグを持って現れた。しかし、その小さなハンドバッグの中に男物の靴が隠されていたとは思えません」

「あら、そうかしら」疑問を呈したのは朱美だった。「確かに、彼女のバッグは小さいものだったけれど、中身を空にして靴だけ詰め込めば、なんとか入ったかもしれないわよ」

「確かに、その可能性は否定できないな。でも、仮にバッグの中が靴でパンパンの状態だったとするなら、彼女は他の二人の前でバッグの口を開き、わざわざ携帯を取り出したりするかな？　バッグの中を見られる危険を冒してまで？　そんなはずはないだろ」

「それもそうね。じゃあ、上着の下に隠し持っていたっていう可能性は？」

「彼女の上着は、身体にフィットした薄手のダウンジャケットだ。靴を隠せるようなダブついた上着じゃない。しかも、彼女は玄関を入ってすぐに、それを脱いでいる。彼女は靴を隠し持ってはいなかったわけだ。よって、小松綾香さんは犯人ではない」

鵜飼の言葉を聞いて、小松綾香はホッとするより、むしろ不満げな声をあげた。

「犯人じゃないって判っているなら、なんでわたしと森先生をここに呼んだんですかー」

綾香のもっともな指摘に、森准教授も「確かにそうだな」と頷く。容疑者たちの冷たい反応は予想外だったらしい。鵜飼はあからさまな戸惑いの色を浮かべた。

「え、いや、それは、その、なんだ……」

結局、《犯人指名の場面を盛り上げるため》という以外の適切な理由が思い浮かばなかったのだろう。鵜飼は苦しい自分の立場を誤魔化すように、いきなり結論を口にした。

「まあ、とにかく、そういうことですから、残された答えはひとつだけ。そう、犯人は佐々木教授の靴を履くことができ、なおかつその靴を肩に掛けた大きな鞄に隠し持つことのできた人物。すなわち、犯人はあなたしかいないというわけです、青山教授！」

真犯人として指名を受けた青山教授は、顔面を紅潮させながら鵜飼に食って掛かった。

「いい加減なことをいうな！　わたしがそんな馬鹿なトリックを弄するわけがない。だいたい、前の晩に大雪が降り、それが庭に積もり、翌朝になって雪がピタリと止むなんてことが、前もって予測できたはずがない。君のいうようなトリックは机上の空論だ。現実には実行不可能なものだ」

だが青山教授の反論は、鵜飼の想定の範囲内だったようだ。鵜飼は冷静に答える。

「確かに、計画して出来るというものではないかもしれませんね。ならば、これは非計画的な犯罪だったのでしょう。あなたは前の晩にこの屋敷を訪れて、佐々木教授と一緒に酒でも飲んだのでしょう。やがて外は大雪になり、あなたはひと晩、この屋敷に泊めてもらうことになった。翌朝目覚めると、雪は止んでいる。庭には一面に雪が降り積もっている。佐々木教授は寝室で熟睡している。これらの条件が揃っているのを見て、はじめてあなたはこの古典的なトリックを実行することを思いついた。——え、動機⁉　いや正直、動機までは僕にもよく判りません。まあ、同じ大学の同じ学部で同じ教授の職に就いていれば、いろいろと軋轢やら嫉妬やらがあるんだろう、と想像はできますが——違いますか？」

「…………」青山教授は返事をしなかった。

「あなたはガウンの腰紐を佐々木教授の首に結び付けて殺害。それから彼の携帯を使って、森准教授や小松綾香に〈十時にきてくれ〉とメールを打つ。そして、先ほど説明したような足跡のトリックを実行した。これがあの日の午前九時ごろのことです。十時になると、あなたは鞄の中に被害者の靴を隠し持ち、無実の第三者を装いながら、再びこの屋敷の門前にやってきた。そして森准教授や小松綾香さんと一緒になり、再びこの屋敷に入っていった。あなたは佐々木教授の姿を捜し回る二人の隙を見て、鞄の中の靴を玄関に戻した。そして、あなたは二階の寝室に向かい、自ら佐々木教授の死体を発見し、わざとらしく悲鳴をあげた——そうですよね？」

「…………」青山教授はなおも無言。だが、その顔には図星と書いてある。

「あなたのトリックは単純だが、うまくいった。足跡の不自然さに、烏賊川署の誇る精鋭コンビも全然気がつかなかった。佐々木教授の死は自殺として処理されようとしていた。ところが、そこに思わぬ落とし穴。突然、見知らぬ人物が現れて、あなたの犯罪をズバリと見抜いたのです。その人物とは、そこにいる水沢優子さんのご主人、水沢晋作氏です」

いきなり名前を呼ばれて、水沢優子はギクリとしたように、背筋を伸ばした。

「主人が……犯罪を見抜いた？」

鵜飼はあらためて自分の依頼人に向き直った。

「そうです、奥様。ご主人は奥様から突きつけられた浮気の証拠写真をパラパラと眺めるうち、背景に写る人影の奇妙な動きに気がついたんですね。それで佐々木教授の事件が自殺ではなく、トリックを弄した殺人であることに気付いた。彼は事件についての情報を独自に集めたのでしょう。そして、僕と同じように推理を働かせたのか、それとも直感に頼ったのか、それは判りませんが、彼は真犯人が青山教授であると目星をつけた」

「では、後になって、もう一度写真を見せてくれ、といったのは――」

「たぶん、最終確認だったのでしょう。そうやって確信を得たご主人は、そこでどうしたか。おそらく彼は青山教授を強請（ゆす）ろうとしたはずです。ご主人は奥様と離婚するに当たって、多額の慰謝料を要求される立場でしたからね。大学教授の弱みを握ったことは、彼にとって渡りに船だったわけです」

「そうだったんですか」と水沢優子が腑に落ちたようにいう。「慰謝料を払えるメドが立ったから、主人はわたしに『いつでも別れてやる』なんて強気なことがいえたのですね」

「そういうことです。しかし、弱みを握られた青山教授も黙ってはいなかった。彼は自ら水沢家を訪れ、ナイフでご主人を殺害し口を封じた。そのナイフをうっかり拾ってしまったために、奥様が夫殺しの容疑を掛けられ、警察に追われる羽目に陥った、というわけです。だが事実はいま説明したとおり。ご主人の死もまた、青山教授の仕業だったわけです。――いかがですか？　これで、奥様の殺人容疑は完全に晴れたと思うのですが」

鵜飼は砂川警部の顔を見やる。警部は憮然とした表情ながら、しっかりと頷いた。

考えてみれば、鵜飼が今回の事件に首を突っ込んだ理由は、佐々木教授の事件を解決するためではなく、水沢優子の濡れ衣を晴らすことにあった。彼はその目的を最後まで忘れてはいなかったようだ。確かに、依頼人の無実は探偵の推理によって証明されたのだ。

いまや青山教授の犯罪は白日のもとに晒され、その有罪は確実なものと思われた。

だが、青山教授は最後の抵抗を示すように、突然ぶるぶると首を振った。

「馬鹿な馬鹿な。ふざけたことをいうな！　わたしじゃない。わたしはなにもやっていない！　この写真に写っているのは佐々木君だ。わたしじゃない！」

そして青山教授はテーブルの上の写真を摑むと、それを振り回して叫んだ。

「ふん、こんな写真になんの意味がある！　いまどきのデジタル技術を使えば、こんな写真はいくらでも加工できるじゃないか。画像を描き換えたり、順番を入れ替えたり、その気になれば存在しない人影をCGで描き加えることだって、簡単に出来るだろう。そうだ、この写真はわたしを陥れるために、その探偵が捏造した贋の証拠だ。そうに違いない！おい君、いったい誰に頼まれた！　なんのために、こんな捏造写真を――」

と、そのとき、青山教授の熱弁を遮るように「ドン！」と、テーブルの上で大きな音。そこに置かれたのは、鵜飼が鞄から取り出した黒い物体――古い一眼レフカメラだった。唖然として黙り込む青山教授。鵜飼はそのカメラを指差しながら、目の前の犯人に対して皮肉っぽい笑みを向けた。

「そうおっしゃいますがね、青山教授。見てのとおり、僕の一眼レフは十五年前から使っている、時代遅れのフィルム式でしてね。あなたがいうようなデジタル加工なんて、そうそう簡単には出来ない代物なんですよ。それでも、もし疑問に思うのだったら、こっちも専門家に調べてもらいましょうか」

そういって鵜飼は、背広のポケットから茶色く細長い物体をテーブルに放った。

それは、あの日に探偵が撮ってしまった画。

雪景色の中の真犯人を捉えたネガ・フィルムだった――

烏賊神家の一族の殺人

1

烏賊川市といえば、その名のとおり、かつて烏賊漁で栄えた水産都市。最盛期には海面が盛り上がるほどの烏賊の大群が沖合に押し寄せ、十本の足をクネらせながら「おいでおいで」と漁師たちを手招き（足招き？）したのだとか。その招きに応じて、漁師たちが船上から釣り糸を垂れると、まるで大盤振る舞いのUFOキャッチャーのように、次から次に獲物が掛かったという。烏賊釣り漁船は来る日も来る日も獲物を求めて出港し、毎日のように大漁旗を掲げながら烏賊川の港に帰ってきた。人々は潤い、港は栄え、烏賊川町は格上げされて市になった。烏賊川市の誕生である。

現在では烏賊漁は衰退し、街には不況の風が吹いているが、それはべつにいかがわしい市名が原因というわけではない。

そんな烏賊川市には、当然のように漁師たちの信仰の拠りどころとなる由緒怪しき神社がある。いつ誰が建立したのかさえ判らない、古びた神社。名を烏賊神神社という。港を見下ろす丘の上に建つ烏賊神神社は、一般には《烏賊神》《烏賊神さま》もしくは《烏賊さま》と呼ばれ、大漁を祈る漁師はもちろんのこと合格祈願の受験生から長寿を願うお年寄り、あるいはイカサマ大成功を企む敬虔な詐欺師たちから、熱い信仰を集めている。

いまや犯罪都市とも揶揄される烏賊川市にとって、相応しい神社には違いない。

そんな烏賊神神社の境内を、白い小袖に赤い袴、いわゆる巫女さんの姿で闊歩する若い女性の姿があった。滝沢美穂というその女性は、べつに本職の巫女というわけではない。時給七百三十円と引きかえに、神社の仕事を引き受ける女子大生である。巫女の衣装は、場所柄に合わせたコスプレ。正月に縁起物を売るバイトの巫女さんと似たようなものだ。もっとも、いまは正月ではない。季節は春四月だ。入学シーズンも過ぎ、桜の見ごろも終わったこの時期、平日の昼間に烏賊神神社を訪れる参拝客は皆無だった。

「お陰で、変な詐欺師に出会わずに済むけれど——ん!?　あれはなにかしら」

美穂は境内の石段の上に立ち、眉を顰めながら大鳥居を見下ろした。

そこに佇むのは直立する巨大な白い生物だった。体長は人間の大人程度。煙突を思わせる太い筒形の胴体に大きな三角形を乗せたようなフォルム。その特徴的な頭部の形状を見て、ようやく美穂は理解した。「——判った、あれは烏賊ね、烏賊なのね！」

もちろん普通の烏賊ではない。普通の烏賊は直立二足歩行などしない。だが、その巨大烏賊は二本の足で地面に立ち、それ以外に八本の足の如き物体を腰の下あたりにブラブラさせている（といっても、そもそも烏賊に腰があるのか、よく知らないが）。

とにかく、二本のちゃんとした足と八本の贋物の足、合計十本の足を持つことから見ても、その正体が烏賊であることは間違いないと思われた。早い話が、擬人化された着ぐるみの烏賊である。

「最近、ゆるキャラがブームだっていうし、きっと、この神社で撮影かなにかするんだわ。てことは、あの着ぐるみの中で、いままさに誰かがブームの犠牲になっているのね……」

ああ、かわいそうで見ていられないわ。美穂は目尻の涙を指先でそっと拭うと、着ぐるみのキャラクターに背を向ける。そして、気分を変えるように袴を蹴って歩き出した。

「さてと、気色悪い烏賊なんか放っておいて、お仕事お仕事！」

キャラクター自身が聞いたら怒って墨を吐きそうな台詞を平然と口にしながら、美穂はひとり境内を進む。人けの絶えたいまの時間帯に、拝殿とその裏手にある二つの祠の掃除を済ませるのだ。美穂は物置から竹箒を取り出し、まずは拝殿の清掃に取り掛かった。

美穂は拝殿の清掃に小一時間を費やした。相変わらず参拝客の姿は皆無。先ほど仲の悪そうな男女のカップルが、会釈しながら彼女の目の前を通っただけだ。そのカップルは拝殿には手も合わせずに、そのまま神社の敷地を通り抜け、神社に隣接して建つ宮司さまの自宅へと向かったようだ。あれは参拝客ではなく、宮司さまの元を訪れた単なるお客さまなのだろう、と美穂はそう解釈した。

拝殿の清掃を終えた美穂は、竹箒を手にしたまま拝殿の裏に回った。そこには、鬱蒼とした木々が生い茂る森が広がっている。いわゆる《鎮守の杜》といわれる場所だ。その森の中の小道をしばらく進むと、そこに忽然と小さな鳥居と祠が現れる。

鳥居は大人がやっと通れるぐらいの高さ。その向こうにある祠は、一坪ほどのスペースに建つ古い木造建築である。正面の開き戸には大きな絵が描かれている。正確にいうと、両開きの二枚の板に図柄が彫り込んであるのだ。図柄は、逆さまになった大きな烏賊だ。よって、この祠は烏賊神神社の関係者の間では《逆さまの祠》と呼ばれている。

ちなみに、祠は離れた場所にもうひとつあって、そちらの開き戸には烏賊が正常な姿で描かれている。《逆さまの祠》に対して、そちらは《烏賊さまの祠》と関係者はそう呼んでいる。拝殿の背後を左右から守るかのように配置された二つの祠は、いずれも霊験あらたかなるパワースポットとして、知る人ぞ知る存在だ。

美穂はさっそく竹箒を手にして、《逆さまの祠》の周辺の掃除を始めた。だが、開始から数分で、美穂は奇妙なことに気が付いた。逆さまの烏賊が彫られた二枚の開き戸、その合わせ目がずれている。最近、誰かが祠に出入りしたらしい。

「ひょっとして、こんなところに泥棒が入ったのかしら？」

祠の中には祭壇があり、そこには《逆さまの像》と呼ばれる銅像が祀られている。正直、金銭的な価値は期待できない烏賊の銅像なのだが、この手のものは値段ではない。信じるか信じないかだ。熱狂的に《逆さまの像》を崇める者が、安置された銅像を持ち出した
――そのような可能性を頭に思い描きながら、美穂はすぐさま開き戸を開け放った。

瞬間、美穂の口をついて出たのは「ひッ！」という引き攣った声だった。

開かれた戸の向こう側、畳二枚分ほどの狭い空間に、若い女性が倒れていた。うつ伏せになったその女性は、顔だけが真横を向いていた。美穂にとって見覚えのない横顔だった。女性は右手に烏賊の銅像を握っていた。《逆さまの像》だ。横を向いた女性の唇が、その銅像に軽く触れているように見えた。まるで烏賊の銅像にキスしているかのようだ。

そのとき美穂の視線がある物体を捉えた。「えッ、こ、これは、なに……？」

女性の赤いブラウスの背中から、奇妙な物体が枝のように生えていた。ナイフの柄のようにも見えるが、それにしては形が奇妙だ。美穂は恐る恐る女性の背中に顔を寄せ、それが大きなロウソク立ての台座であることを知った。ロウソク立てが女性の背中に突き刺さっているのだ。出血が目立たないのは、赤いブラウスが鮮血の存在を隠しているからか。

「でも、まさか、死んでるなんてことは……」

美穂は勇気を振り絞り、倒れた女性の右の手首を取り、そこに自分の指を当てた。その手首には温もりがあったが、脈はどこにも見当たらなかった。死んでいる。そう確信した美穂の口から、ついに絹を裂くような悲鳴がほとばしった。

「きゃあああぁぁぁ！」

祠を飛び出した美穂は、先ほど歩いてきた小道を逃げるように駆け出していった――

2

若きビルオーナー、二宮朱美が愛車の黒いベンツで烏賊神神社を訪れたのは、桜も散ったとある春の日だった。朱美が運転席から降り立つと、助手席からは皺のよった背広を着た三十男が眠たげな顔で現れた。男の名は鵜飼杜夫。朱美の所有するビルの一室に棲息中の彼こそは、《金なし》《腕なし》《仕事なし》の三拍子揃った貧乏探偵である。

いや、意外と腕はあるのかもしれない。実際、過去に朱美が遭遇した奇妙な事件の中には、彼の手でなんとなく上手い具合に解決されたものもある。ひょっとすると神の如き閃きを持つ名探偵か、あるいは偶然を味方にしただけの凡人探偵か。その点、評価は分かれるだろうが、彼の探偵事務所に閑古鳥が鳴いていることだけは、間違いのない事実である。

　そんな貧乏探偵を引き連れて、なぜ朱美は烏賊神神社を訪れたのか？　もちろん彼に取り憑く貧乏神を祓ってもらうため――ではない。

　実は烏賊神神社の宮司と朱美は、互いの親友の友人が顔見知りという深い仲（？）である。その宮司が、なにやらトラブルを抱えて腕利きの探偵を探しているという噂を聞きつけた朱美は、鵜飼が腕利きであるか否かの判断を棚上げして、宮司に彼を推薦した。すると朱美の言葉にまんまと騙さ――いや、朱美の言葉に大いに感激した宮司は、「その探偵を、ぜひ神社に連れてきてくれたまえ」と彼女に懇願した。さっそく朱美は嫌がる鵜飼をベンツに押し込み、全速力で烏賊神神社を訪れた、というわけである。

「感謝しなさいよね。あたしのお陰で新しい仕事にありつけるんだから」

「確かにね」と頷く鵜飼は、どこか釈然としない表情である。「でも、なんか騙されてる気がする。そもそも、君は僕のことを、それほど腕利きとは思っていないくせに……」

「そ、そんなこと、ないわよ」図星を指されて朱美は激しく動揺した。「だ、大丈夫よ。そもそも探偵の良し悪しなんて、一般の人には見分けがつかないもの。目に見えるヘマさえしでかさなければ、とりあえず腕利きに見えるわよ。――とにかく頑張って！」

「君、それで励ましてるつもりか――って、おいおい、なんだい、あの巨大生物は？」

大鳥居の手前にて、鵜飼が指差したのは着ぐるみの烏賊だった。それは境内に続く石段の途中に立ち、その周囲をカメラマンやレフ板を持った助手などが取り囲んでいた。

「ははん、ゆるキャラの撮影だな」鵜飼はその様子を興味深げに横目で見ながら、石段を上っていく。「そうか、あの着ぐるみの中で誰かがブームの犠牲に……」

「よそ見しないで、鵜飼さん」朱美は警告を発した。「あなた、過去に何度も高いところから落っこちてるんだから、少しは気をつけなさい。ほら、前を向いてよ。気色悪い烏賊のバケモンなんか、どーだっていいでしょ！」

すると、朱美の率直過ぎる発言が耳に届いたのだろうか、気色悪い烏賊のバケモンはいきなりぶん殴られたように階段の途中でゴロリと横転。そのままゴロゴロと転がりながら、あっという間に石段のいちばん下まで落っこちていった。「ひゃあぁぁぁ……」

おいおい！　やばいぞ！　大丈夫か！　周りの撮影スタッフが口々に叫び声をあげながら慌てて着ぐるみに駆け寄る。生身の人間なら大惨事だが、そこは着ぐるみのクッション効果だろうか。巨大烏賊は何事もなかったように、また二本の足で立ち上がった。

着ぐるみの無事を確認した朱美と鵜飼は、逃げるように石段を駆け上がっていった。

「いまのは危なかったぞ、朱美さん。もう少しで言葉による遠隔殺人が成立するところだ」

「な、なにが殺人ですって。ただ気色悪いって、誰でも思う本音を口にしただけじゃない」

あたしのせいじゃないわよ、と強がりながら朱美は境内を横切っていく。拝殿の前を通ると、そこには竹箒を手に掃除に勤しむ巫女さんの姿。二人は若い巫女さんに軽く会釈しただけで、拝殿には手も合わせずに真っ直ぐ宮司の家を目指す。

「宮司さんの家は烏賊神神社の敷地に隣接しているの。宮司の烏賊神金造さんとその家族は全員、そこに暮らしているわ。――ほら、あそこにいるのが金造さんみたいよ」

二階建ての日本家屋の玄関先には、老境に差し掛かった白髪の男性が立っていた。背は低いが恰幅のいい堂々たる体格だ。角ばった顎と大きな鼻、鋭い目つきに特徴がある。肌が黒いのは日焼けか、あるいは酒焼けか。そんな老人に対して、朱美は深々と一礼した。

「どうも、二宮朱美です。わたしの親友、恭子の友達の千秋が錦町でバーをやってます」

「どうも、烏賊神金造だ。ワシの親友、栄吉の友達の博史は錦町のバーの常連だよ」

奇遇ですわ！　うむ奇遇だな！　と二人は互いの肩を抱きながら浅からぬ縁を喜び合う。

傍らで呆然と立つ探偵は白けた口調で呟いた。

「要するに、あんたら赤の他人では……？」

余計なこといわないの！　朱美が厳しく睨みつけると、鵜飼は誤魔化すような視線を森のほうへと向ける。そんな彼の視線が、ある一点で静止した。「——おや、あれは？」

鵜飼の言葉に誘われるように、朱美も森のほうへと視線を向ける。凛々しく和服を着込んだ年配の女性の姿が見えた。女性は森へと続く小道の入口に差し掛かるところだった。

「ああ、あれは花江だ。ワシの家内だよ」

「ああ、そうでしたか」鵜飼は呟くようにいった。「《烏賊さまの祠》にでも、いくのかな」

確かに、あの小道の先にあるのは《烏賊さまの祠》ぐらいだ、と朱美も思った。もちろん、宮司の奥さんが《烏賊さまの祠》にお参りしても、なんの問題もない。

やがて和服の背中が森に吸い込まれるように掻き消えたのをきっかけとして、金造は踵を返し、あらためて自宅の玄関に客人を案内した。

「とにかく、よくきてくださった。歓迎するよ。さあ、屋敷の中へ入った入った」

烏賊神家の和室に通された朱美は、金造を前にして、さっそく鵜飼を紹介した。もちろん、烏賊川市で最高の腕利き探偵としてである。朱美は若干の良心の呵責を感じたが、金造は彼女の言葉を頭から信じ込んだようだった。しばらく、当たり障りのない話が続いた後、探偵と依頼人の会話は次第に深刻なほうへと移っていった。

「――で、探偵である僕を、ここに呼んだ理由というのは？」

「うむ、実はな……」金造はあたりを憚るように声を潜め、用件を切り出した。「ワシの長男の交際相手の女性について、君に調べてもらいたいのだよ」

「なるほど。身辺調査ということですか。そうですかそうですか」鵜飼は退屈そうに呟くと、おざなりな口調で金造に尋ねた。「――んで、その女性の名前は？」

「梶本伊沙子という女だ。歳は二十八。といっても、この年齢だって、本人がそういってるだけで、実際のところは判らんのだ。とにかく素性のハッキリしない女でな。正直いって、ワシは二人の交際に反対なのだが、なにしろマスミがいうことをきかんもので」

「マスミ⁉」鵜飼がキョトンとする。「交際相手の女性は伊沙子ですよね」

「そうだよ。女の名は伊沙子。マスミは長男の名だ。真実の『真』に烏賊墨の『墨』と書いて『真墨』だ。『烏賊神真墨』――烏賊神家の将来の当主に相応しい名前だと思わんかね」

べつに思いませんね、と鵜飼が本音を吐露する前に、朱美は先手を打って尋ねた。

「素敵なお名前ですね。他にお子さんは？」

「男は真墨だけだが、娘が二人いてな、長女がカスミ、次女がスミレという名前だ」

金造は指先で空中に文字を書きながら、二人の娘の名前を嬉々として説明した。長男『真墨』、長女『伽墨（かすみ）』、次女『墨麗（すみれ）』。墨の字縛りの三人きょうだいというわけだ。烏賊神金造の烏賊に対する強い思い入れが伝わる、まことにイカれた名前だと朱美は心の中でそっと駄洒落（だじゃれ）を呟く。鵜飼も本心では朱美と同じ気持ちだったに違いない。

「なるほど。実にイカした名前ですね」鵜飼は朱美と同じレベルの駄洒落で、やんわりとした皮肉を口にした。「――ところで、なんの話でしたっけ？」

「もちろん、烏賊の話だよ」

「違います。梶本伊沙子という女の話です」朱美は逸（そ）れかけた話題を、なんとか元へと引き戻す。「それで金造さんは、具体的に梶本伊沙子の何を調べてほしいのですか」

「ふむ、では率直なところをいおう。ワシが求めているのは――」と、いいかけたところで金造は口を開けたまま、「あん!?」と唐突に眉を顰めた。「君、聞こえたか、いまの声？」

すると鵜飼も首を傾げながら、「ええ、確かにいま女性の叫び声みたいなものが……」

「わたしも聞こえたわ。『きゃあああぁぁ――』みたいな悲鳴が遠くのほうで」

金造はいったん話を中断し、立ち上がると和室のふすまを開け放ち、「おい、誰か」と大声で呼びかけた。金造の声に呼応して小走りで姿を現したのは、ポロシャツ姿の青年だった。背が高く、なおかつ幅のある体つき。顔立ちはどこか金造に似て精悍な面構えだ。どうやら、先ほどから話に出ている金造の長男らしい。事実、金造は彼を見るなり、

「ああ、真墨か。いま女の悲鳴のようなものが聞こえたが、なにかあったのか」

「いえ、判りません。祠のある森のほうから、聞こえたような気がしましたが」

「森のほうだと……」金造は険しい顔で口を噤んだ。

すると、いきなり玄関の扉が乱暴に開かれる音。続いて、玄関先から、「宮司さま、宮司さまぁ！」と女の声が金造を呼んだ。金造と真墨は、揃って玄関へと小走りに駆け出す。

「僕らも、いってみよう」鵜飼は朱美を促し、和室を飛び出していった。

玄関のたたきで息を弾ませているのは、先ほど拝殿の前を掃除していた彼女だ。清潔感のある白い小袖に赤い袴。だが、袴の太もものあたりは、なぜか深い皺になっている。

「どうしたの、美穂ちゃん」真墨が心配げに声を掛ける。「さっきの悲鳴は、君かい？」

「は、はい！」美穂と呼ばれた女の子は荒い息を吐きながら頷き、目を見開くようにして驚愕の事実を口にした。「《逆さまの祠》で人が……女の人が死んでいます！」

「なに、女が死んでる⁉」金造の声が裏返る。「女とは、いったい誰のことだ」

「そ、それは……知りません……知らない女で、すぅー」

緊張が限界に達したのか、美穂は突然、空気が抜けた風船のように全身の力を失った。

真墨が逞（たくま）しい腕で彼女の身体を抱きとめた。「おい、しっかりしろ、美穂ちゃん！」

朱美と鵜飼は、同時に顔を見合わせた。どうやら重大事件らしい。鵜飼の表情は身辺調査を依頼されたときとは打って変わって、見るからに活き活きとしたものに変わった。

「この娘のことは、お任せします」鵜飼は美穂の処置を真墨に押し付けると、たたきに下りて素早く靴を履いた。「僕は祠の様子を見てきます。《逆さまの祠》ですよね！」

「ちょ、ちょっと待って、鵜飼さん。あたしもいくわ！」

朱美は駆け出した鵜飼の背中に叫んで、すぐさま彼の後へと続いた。

3

鵜飼と朱美は迷うことなく祠のある森へと入っていった。烏賊神神社は、街に暮らす二人にとってもお馴染みの場所。《逆さまの祠》も過去に何度か参拝したことがある。それは森の中の小道をしばらくいったところにある。二人は息を弾ませながら小道を進んだ。

「あった、《逆さまの祠》だ」鵜飼が走りながら前方を指差す。

二人の行く手に祠があった。古びてはいるが、祠としては比較的大きく立派な建物だ。正面には開き戸があり、そこに烏賊の絵が彫ってある。その烏賊は十本の足のほうを上にして描かれている。逆に烏賊のもうひとつの特徴である三角に尖った先端部分が下になっている。その姿は下向きの矢印のようだ。あるいは、上にある十本の足を髪の毛、下向きの尖った部分を顎と見なせば、どこか人間の顔のようにも見える。

祠の前に到着した鵜飼と朱美は、いったん足を止める。深刻な顔を見合わせた二人は、ここにきて急に怖気づいたのか「どうぞどうぞ、朱美さん……」「いえ、鵜飼さんこそ、お先にどうぞ……」と持って生まれた譲り合いの精神を遺憾なく発揮する。結局、話し合いの末、二枚の戸を二人が片方ずつ担当するという、見事な役割分担が成立した。

「いくぞ、朱美さん！」「いくわよ、鵜飼さん！」

鬼が出るか蛇が出るか——

「せーのッ！」「そーれッ！」

びっくり箱を開けるような覚悟で、二人は祠の開き戸を一気に開け放った。朱美は勇気をふりしぼって祠の中を覗き込む。目の前に転がるのは、血まみれの惨殺死体……かと思いきや、

「あれ!?」「おや!?」

鵜飼と朱美はキョトンと顔を見合わせる。やがて、その顔は安堵と失望に変わった。

「なんだ、なにもないじゃない」朱美は目の前に広がる畳二枚分ほどの空間に堂々と足を

踏み入れ、ぐるりと周囲を見渡した。「どこにあるのよ、血まみれの惨殺死体なんて？」

「いや、べつにあの巫女さんも、『惨殺死体』とはひと言もいっていなかったと思うが」

そういう鵜飼も祠の中に視線を走らせ、首を傾げる。「ふむ、確かに女の死体どころか、ネズミの死骸さえ見当たらないな。ひょっとして、僕ら、あの娘に担がれたのかな？」

「まさか。あの巫女さんの慌てふためく様子を見たでしょ。あれが単なる嘘や冗談だと思う？　あり得ないわ。彼女は確かに、《逆さまの祠》で女の死体を見たのよ」

「だったらなぜ、その死体がないんだ？　誰かが運び去ったのか？　だけど死体ってもんは、そう簡単に右から左に運べるもんじゃないんだぜ」

「それは判ってるけど。じゃあ、あの巫女さん、真っ昼間に夢か幻でも見たのかしら」

そんなことを呟く朱美の耳に、「おーい」という野太い男の声が聞こえた。声のする方角を見やると、ちょうど金造が小道の向こうから姿を現したところだった。

「どうかね、探偵さん！　女の死体は見つかって……」しかし、金造は口にしかけた質問を途中で呑み込んだ。「……ないようだな、死体など、どこにも」

祠の中と、鵜飼の表情。それらを交互に眺めながら、金造は拍子抜けの顔だ。鵜飼は小さく頷きながら、「ええ、なにもありません」と短く答える。金造はホッと息を吐いた。

「やれやれ、人騒がせな娘だ。きっと、《逆さまの祠》を掃除する最中に居眠りでもして、夢でも見たんだろう。それでなければ、たぶん思い付きの悪戯だな。私立探偵が神社にきているると知って、いかにもそれらしい嘘をでっちあげたとか」

「なるほど。嘘っぱちの殺人事件というわけですか。それにしては迫真の演技でしたが」

「ふむ、確かに。では、やはり彼女、夢でも見たのだな。いや、いずれにしても、お二人には申し訳ないことをした。あの娘は滝沢美穂というアルバイトの女子大生でな。悪い娘ではないんだが、いささか軽率なところがあるというか、間が抜けているというか、トンチンカンというか、コスプレ好きというか……」

「まあまあ、そこまでおっしゃらなくても」

鵜飼は金造の一方的な物言いを、手で制した。「それに『コスプレ好き』は特に問題ないのでは？　仮に問題なら、そもそもそういう恰好はさせなきゃいいわけだから」

「う、む、それはまあ、そうだがな」金造はバツが悪そうに口ごもる。

「…………」ははん、『コスプレ好き』は、むしろこのオヤジのほうなのね、と朱美は事情を察した。「ところで滝沢美穂さんは、あれから、どうなりました？」

「ワシの家で休ませておるよ。真墨が付いているから大丈夫だ」

「そうですか」そういって鵜飼は祠の外を指差した。「いちおう祠の周辺を見てみましょう。美穂さんは『《逆さまの祠》で女の人が死んでいる』とはいいましたが、必ずしも、

『祠の中で』という言い方はしていませんでしたからね」

それもそうだな、と金造も探偵の意見に頷き、三人は祠を出た。祠は森の中にあるが、建物のある一帯だけは綺麗に下草が刈られ、掃除も行き届いている。

三人でざっと見たところ、祠の周辺に死体はもちろん、棒切れ一本落ちてはいなかった。

「この森の中に分け入れば、あるいは何かあるのかもしれませんね」

鵜飼は祠を囲む鬱蒼とした森の奥を透かし見るように目を細める。だが金造は、無駄だというように、ゆっくりと首を左右に振った。

「そこまで捜していたらキリがない。どうせ夢か悪戯だろうしな。それより、そろそろ戻ろうじゃないか。わざわざ君にきてもらったのは、死体を捜すためじゃない。大事な話が途中だったはずだ」

結局、三人は死体捜しを切り上げて、歩いて烏賊神家へと引き返したのだった。

烏賊神家の玄関に戻ると、そこには心配げな顔の真墨と、二人の若い女性の姿があった。女性たちの年齢はともに二十代前半。ひとりはジーンズ姿が活発な印象を与える髪の短い女性。もうひとりは長い黒髪を背中にたらしたワンピース姿のおとなしそうな女性だ。

朱美は二人の顔に見覚えがなかったが、見た目の印象からおおよその見当は付いた。金造の話に出ていた伽墨と墨麗の姉妹だろう。事実、金造は髪の短いほうを伽墨、髪の長いほうを墨麗と紹介した。伽墨と墨麗の姉妹は、鵜飼と朱美に初対面の挨拶をおこない、それから傍らに佇む父親に対して、異口同音に尋ねた。

「どないしてん、お父ちゃん、なんや《逆さまの祠》で死体が見つかったんやて、それホンマかいな、まあ、どーせミホチンが夢でも見たんと違うかと、ウチはそう思うけどなー」

「どうしたの、お父さん、なんでも《逆さまの祠》で死体が見つかったってね。それ本当なの。まあ、どうせ美穂さんが夢でも見たんじゃないかと、わたしはそう思うんだけどね」

異口同音というより、むしろ伽墨の関西弁を墨麗が通訳してくれている感じである。

金造が首を振り、死体がなかった旨を伝えると、再び伽墨が早口でまくし立てた。

「ほらみい、やっぱりや、なあ、真墨兄ちゃん、ウチのいうたとおりやったやろー」

「ほらみて、やっぱりよ、ねえ、真墨兄さん、わたしのいったとおりだったでしょ」

「判った判った、二人がかりで同じ発言はよせ」と真墨は困惑の表情を浮かべる。「ところで、お父さん、美穂ちゃんには客間で休んでもらっていますけど、どうしますか」

「そのまま寝かせといてやれ」

短い言葉で真墨に命じた金造は、鵜飼たちに顔を向けると有無をいわせぬ口調で、「では、探偵さんたちは、こちらへ」といって、二人を再び和室に案内した。

それから金造は、「しばし、お待ちを」と頭を下げながら、ひとり和室を出ていった。

しばらくの間、和室でほったらかされる鵜飼と朱美。そこにいきなりふすまが開き、金造と同じ年配と思われる、着物姿の老婦人がお盆を手にしながら姿を現した。

老婦人はお盆に載せた湯飲みを二人の前に丁寧に並べた。「——粗茶でございますが」

「やあ、これは有難い。僕は粗茶が大好きなんですよ」と鵜飼は無意識のうちに相手を馬鹿にした発言。そして湯飲みのお茶をひと口啜(すす)ると、「金造さんの奥さんですよね」

「はい。烏賊神花江と申します。主人がお世話になります」

「先ほど、この屋敷を訪れた際に後ろ姿を拝見しました。森にいかれていたようでしたが」

「ああ、あのときですね。ええ、ツツジの花を摘みにいったのでございます」

そうでしたか、と鵜飼は呑気そうに相槌を打ち、茶を啜る。花江は、どうぞごゆっくり、と丁寧に頭を下げ、お盆を手に和室を出ていく。すると入れ替わりに金造が戻ってきた。

金造は後ろ手にふすまを閉めると、座布団にどっかと腰を下ろした。

「お待たせして申し訳ない。——ところで、何の話だったかな?」

「はあ、ツツジの話だったのではないかと……」

「違うでしょ、鵜飼さん。梶本伊沙子っていう女の身許を調査するって話よ」

苛立ちを露にしながら、朱美は先ほど保留になった質問を繰り返す。「で、金造さんは梶本伊沙子の何を調べてほしいんですか？」

「そう、そのことだ」ようやく本題を思い出したとばかりに、金造は手を叩く。「要するに、ワシの目的は真墨の目を覚まさせることだ。そのために役立つ情報を集めてほしい。例えば、梶本伊沙子のだらしない男関係だとか、恥ずかしい過去などだ」

「はあ、恥ずかしい過去ですか」鵜飼はボンヤリとなにかを夢想するような顔で、「例えば、誰にも知られないように夜中にこっそりと本格ミステリを書いていたとか？」

「いや、まあ、それも確かに恥ずかしいかもしれんが、そうじゃなくてだ。ワシがいっているのは、例えば昔ヤンキーだったとか犯罪歴があるとか、そういうやつだ。実際のところ、ワシはあの女のことを結婚詐欺師ではないかと睨んでおるぐらいでな。叩けば必ずホコリが出るはずだ。ぜひ、お願いしたい」

いや、残念ですがお断りを……と、せっかくの依頼をはねつけようとする鵜飼の脛を、朱美は指先で思いっきりツネって、彼を黙らせた。

なんだよ、いきなり!?　そう目で訴える探偵に対して、朱美も鋭い視線で応えた。

贅沢いわないで！　貧乏探偵に仕事を選ぶ権利なんかないのよ！

結局、脛の痛みに堪えられなかった鵜飼は、金造の依頼を引き受けた。朱美は大いに満足した。

二人は烏賊神家を辞去し、神社の境内を横切るようにして帰宅の途につく。だが、境内を竹箒で掃く巫女さんの姿を目にした瞬間、鵜飼の探偵魂に再び火がついたようだった。

「ああ、君、美穂さんといったかな」鵜飼はバイトの女子大生に歩み寄った。「君が見たという女の死体の話を聞かせてもらいたいんだけど、いいかな」

「いえ、その話でしたら、もう忘れてください。《逆さまの祠》には、なにもなかったそうですね。ならばきっと、わたしは夢でも見たのです。あるいは狐に化かされたのかも」

「狐ってことはないだろ。祠に祀られているのは、お稲荷さまじゃなくて、お烏賊さまのはず。——ところで、君はそもそも、なんの用があって、あの祠を訪れたのかな？」

「掃除です」といって、美穂は手にした竹箒を示した。「でも、始めてすぐに引き返したから、全然掃除になりませんでしたけど」

「あの騒動の後、《逆さまの祠》を見にいったかい？」

「いいえ、見ていません。恐ろしいですから、見にいく勇気なんかありません」

「でも、どうせ祠にはなにもないんだよ。君は狐に化かされただけなんだろ」

鵜飼は気安くいうと、森のほうを指差した。「これから、もう一度《逆さまの祠》にいってみないか。君にはいろいろ、教えてほしいこともあるしね」

鵜飼はそういって本殿の裏へとひとりで勝手にずんずんと歩いていく。朱美は躊躇（ちゅうちょ）する美穂の背中を押すようにして、鵜飼の後に続いた。

三人は森の中の小道を進んだ。先ほど朱美と鵜飼が二人で駆け抜けた小道である。鵜飼は美穂が《逆さまの祠》で見たという女の死体の様子について尋ねた。

「君が見た死体は、どんな恰好だったのかな。丸くなっていた？　それとも長々と横たわっていた？　うつぶせだった？　仰向けだった？」

美穂は自分が《逆さまの祠》で発見した女の死体について、詳細を語った。死体がうつ伏せだったこと。顔だけは横を向いていたこと。その横顔に見覚えがなかったこと。そして、女の背中にロウソク立てが刺さっていたこと、などなど。

鵜飼は美穂の話を真剣に聞き、そして質問を投げた。

「死体に、なにか変わった点など、なかったかな？」

「はあ、そういえば……」思い出したように美穂は口を開いた。「その死体は《逆さまの像》を手に持っていたのです。横を向いた女の顔の正面に、その《逆さまの像》があって、ちょうど女の唇がその銅像にキスしているような感じに見えました」

「へえ、死体の女性が銅像にキスをね。ふーん、なかなか面白いね。ところで、その《逆さまの像》っていうのは、《逆さまの祠》に安置されている銅像のことかい?」

「はい、逆さまになった烏賊の像です」

「なるほど。さっき、僕らが《逆さまの祠》に駆けつけたとき、その銅像は祭壇の上にあったかな? どうだったと思う、朱美さん?」

「さあ、よく覚えてないわ。祭壇に祀られた銅像のことなんか、気にしてなかったもの」

実は僕もなんだ、といって探偵は頭を掻く。そうこうするうちに、小道は行き止まりになり、三人は目指す祠にたどり着いた。建物の様子は、先ほど訪れたときと比べて、なんの違いもない。正面の開き戸は閉じられている。そこに彫られた烏賊の絵は、相変わらず下向きの矢印のようでもあり、あるいは人間の顔のようでもある。

「じゃあ、とりあえずはその《逆さまの像》ってやつを、拝ませてもらうとしようかな」

この場合の《拝む》は、もちろん参拝の意味ではなく、観察の意味である。

鵜飼は自ら建物の正面に進み出ると、ほとんど軽率といってもいいほどの軽々しさで、開き戸をバーンと開け放った。だが次の瞬間、鵜飼はその姿のまましばし硬直し、そして何事もなかったようにパタンと祠の戸を閉めた。

「……ゴホン」鵜飼は開き戸の前を朱美に譲ると、「あー、悪いけど朱美さん、そこの戸を開けてみてくれないか。僕は、なんだか狐に取り憑かれたみたいで、調子が悪い……」

「はあ、なにいってるの、鵜飼さん？」


怪訝な思いを抱きつつも、朱美は朱美で、ほとんど迂闊といってもいいほどの素直さで開き戸の前に立つと、いわれるままにそれを一気に開け放つ。すると薄暗い空間に午後の光が降り注ぎ、真っ赤に染まる床板と、そこに転がる血まみれの惨殺死体を照らし出した。

「…………」朱美は鵜飼と同様にしばし硬直。そして彼と同じく無言のままパタンと戸を閉めると、「きゃあああぁぁぁぁ──ッ」

鎮守の杜が揺れるほどの悲鳴を発しながら、朱美は傍らの探偵を拳でぶん殴った。


それから数分後──。朱美の悲鳴を聞きつけたのか、小道の向こうから再び「おーい」と声がして、金造が姿を現した。「どうした！　今度の悲鳴はいったい何事──ああッ」

祠の様子を一瞥するなり、金造は異変を察知し、血まみれの被害者のもとに駆け寄った。

「こ、これは酷い……」金造は恐怖に顔面を硬直させ、ぶるぶると声を震わせた。「いったいなにが起こったというんだ、探偵さんの身に！」

「いや、彼のことは放っておいてください。すぐ復活しますから」朱美は冷静だった。

「だが、鼻血が出とるぞ。顔面が血まみれだ」

そりゃあ、鼻血も出るだろう。恐怖と怒りに任せて、手加減なしにぶん殴ったのだから。

朱美は祠の前で長々とダウンした探偵を、冷ややかな眸（ひとみ）で見下ろしながら、「そんなことより金造さん、血まみれなのは、むしろこっちです。見てください、この祠の中を」

朱美は、あらためて祠の戸を開け放ち、血まみれの死体を金造と美穂に示した。それは若い女性の死体だった。派手な赤いブラウスに、紺色のスカート。足許は森の小道を歩くにはどうかと思われるハイヒールだ。目鼻立ちは整っているが、派手な化粧が印象を悪くしている。もちろん、朱美にとっては初めて見る顔だった。

朱美の隣に佇む美穂は、赤い袴を震わせながら、しっかりと頷いた。

「間違いありません。この人です。これが最初にわたしが祠で見つけた死体です」

「むう、なんということだ！　女の死体は夢や幻ではなかったのか」

驚きを口にしながら死体の顔に視線を走らせた金造は、次の瞬間、「あッ」という悲鳴に似た叫びを漏らした。「こ、この女は、ま、まさか……」

朱美は意外な思いで尋ねた。「ご存知なのですか、金造さん!?」

「ああ、もちろんだとも。さっき、君たちにも話しただろ」

金造は絞り出すように、その名前を口にした。「この女が、梶本伊沙子だよ」

「えぇぇぇッ！」と朱美の背後から突然響いたのは、場違いな男の絶叫だ。「じゃあ、さっきの依頼の件はナシってことですかあ！　僕、せっかく引き受けたのにぃ、そりゃないですよお！」

うるさい、いまは黙ってて！　心の中で短く叫び、朱美は振り向きざまに右の拳を打ち抜く。朱美の拳にガツンとした手ごたえ。復活したばかりの探偵は、この日二発目のパンチを顔面に浴びて、再び固い地面に沈んでいくのだった――

4

朱美たちは事件を警察に通報した。間もなく、多くのパトカーが烏賊神神社に殺到し、鎮守の杜と祠の周辺に大勢の警官が溢れる事態となった。そんな中――

「なるほど、よく判った」

烏賊川市警察が誇る中年の星、砂川（すながわ）警部は朱美の話を聞き終えると重々しく頷いた。

「君の話を総合すると、犯人の行動は、ざっとこんな具合だな。まず犯人はこの《逆さまの祠》にて梶本伊沙子を殺害した。その死体を滝沢美穂が目撃する。彼女が人を呼びにいく間に、犯人はその死体をいったん祠から運び出した。その後、君や金造氏が祠に駆けつけるが、当然死体は発見できない。君たちが引き返した後に、犯人は再び死体を祠に戻した。それを君や滝沢美穂が発見し、その場で真犯人をぶん殴ってノックアウトし一一〇番通報した。つまり、真犯人は探偵だったというわけだ」

「ああ、惜しい、警部さん」朱美は思わず指を弾く。「途中までは良かったのに、最後が残念！　鵜飼さんは犯人じゃありません。彼に犯行の機会はなかったですから」

「違うのか。では、真犯人が探偵をぶん殴って、そのまま逃走した？」

「えーと」そういうことにしとこうかしら、わたしが殴りましたとは言い難いし……

朱美は一瞬そんな誘惑に駆られたが、結局は事実を伝えた。「いいえ、それも違います」

砂川警部は「そうか」と短く呟くと、祠の中の女の死体と、祠の外に横たわる探偵の姿を交互に見やりながら、深々とした溜め息を吐いた。「ふーむ、どうやら、今回も難しい事件になりそうだな……」

「…………」どうやら今回も難しい事件にされてしまいそうだ。朱美も溜め息を吐く。

そんな彼女の隣、深刻な表情を浮かべた金造がじれったそうに質問を投げる。

「ところで、警部さん、死因などは判ったのですか」

「刺殺ですな。背中に細長い錐のような物体で刺されたような傷跡がありました。凶器は祭壇にあった大きな燭台——要するにロウソク立てですね。燭台にはロウソクを立てるための針みたいな出っぱりがありますよね。犯人はあれで梶本伊沙子の背中をひと突きした模様です。血のついたロウソク立ては、死体の傍（そば）で発見されました」

「では、死亡推定時刻は？」

「まだ判明しておりませんが——そうそう、その点について滝沢さんに聞きたいんだが」

砂川警部は思い出したように巫女さん姿の女子大生のほうを向いた。「君がこの《逆さまの祠》で、最初に死体を発見したとき、君はその死体に触ったんだね」

「はい、触りました。脈を見ようとしたんです。死体の右の手首に触りました」

「そのとき、死体はもう冷たくなっていた？」

「い、いえ、まだ温かでした」美穂はぶるっと身体を震わせた。「まるで生きているかのように、生温かい感触がありました。脈はありませんでしたけれど……」

「では、出血の具合はどうでした？」

「その時点では、死体はそれほど出血していませんでした。ええ、死体も祠の中も、こんなふうに血まみれではありませんでした」

「そのとき凶器のロウソク立ては、どこにありましたか。死体の傍に転がっていた？　それとも死体の背中に刺さっていた？」

「死体の背中に刺さっていました。間違いありません。死体の背中からロウソク立ての台座の部分が、突き出ていたのをハッキリ覚えています」

「なるほど、そうでしょうな。そうでなければ、話が合わない！」

まるで話がピタリと合った、といわんばかりの警部の物言いに、朱美は首を傾げる。

「どういう意味です、警部さん？　なにか判ったんですか」

もちろんだとも、と自信ありげな笑みを浮かべ、砂川警部は朱美に向き直った。

「祠の中に女性の死体が現れて、いったん消えて、また現れる。これは、いったいどういうことなのか。この祠で、いったいなにが起こっていたのか。先ほど、わたしがいったように、女を殺した犯人が、いったん祠から死体を運び出し、またその死体を祠に戻して……というような無駄な力仕事が実際におこなわれたとは、君だって思うまい」

「まあ、確かに犯人の行動としては無意味過ぎますよね。じゃあ、警部さんは、死体が現れたり消えたりする現象を、どう解釈するんですか」

すると警部は意外な答え。「実は、死体は現れたり消えたりしていない」

「していないって、どういうこと？　現に、現れたり消えたりしてるじゃないですか」

「いや、そう見えているだけで、実際のところは、死体が現れたのは一度だけだ。先ほど君たちが祠の中に血まみれの死体を発見した、その一度きりなんだよ」

警部の言葉に、当然のごとく美穂が疑問を呈する。「え、じゃあ、最初にわたしが見た死体は、いったいなんだったんですか」

「君が最初に見たのは死体ではない。梶本伊沙子は生きていたんだよ。といっても、まだ息があった、という意味ではないよ。その時点では、彼女は元気でピンピンしていたのさ」

「まさか」と美穂が叫ぶ。「背中を刺された人間が、元気でいられるわけがありません」

「そう。それこそが君の勘違いだ。背中を刺された、というが、君はその女性の背中に燭台の針が刺さっているのを、自分の目で確認したわけじゃない。それはそうだ。それを確認するためには、君が自ら彼女の背中の燭台を引き抜いて見るしかないのだからね。だが、君は燭台の台座の部分が彼女の背中から突き出しているのを見ただけなんだろ」

「そ、それはそうですが……ということは、どういうことなんですか」

「実は、その燭台に針はなかったんだよ。針のない台座だけの燭台が彼女の背中に乗っかっていた。それを見て君は、燭台が彼女の背中に刺さっていると勘違いしたわけだ」

「で、でも、それじゃあ、脈は？　彼女は脈もなかったんですよ」

「脈拍は一時的には消すことができる。例えば、梶本伊沙子がそのとき右の腋の下にゴムボールなどを挟んでいれば、君が彼女の右手首を触っても脈を確認することはできない」

「つまり」と朱美が横から口を挟んだ。「美穂さんが最初に祠で見つけた死体は、梶本伊沙子による自作自演の死んだフリだった。警部さんは、そういいたいわけですね。死んだフリだから、美穂さんが祠を立ち去った後は、梶本伊沙子はすぐさま立ち上がって、自分の足で祠から出ていくことができた」

「そういうことだ。そう考えれば、死体の消失に関しては、なんの不思議もないだろ」

得意顔で自らの仮説を披露する砂川警部。だが、そのとき地面から湧き出るような男の声が、彼の仮説に対して敢然と反旗を翻した。

「ははん、なんの不思議もないとは、片腹痛いですね、警部さん！」

声の主は鵜飼だった。地面に横たわったまま微動だにしなかった探偵は、嘲笑の声とともに身体を起こすと、一同が見守る前で悠然と立ち上がった。

朱美は驚きのあまり目を丸くする。「なんだ。もう復活していたのね、鵜飼さん」

「ふ、当然さ」探偵は背広の埃(ほこり)を払いながら、余裕の笑みを浮かべた。「たった一回殴られただけで、この僕がいつまでもダウンしていると思うかい？」

「…………」あなたは二回殴られたのよ、って教えてあげたほうがいいかしら？

だが、朱美が事実を伝えるより先に、鵜飼は砂川警部に向かって指を差した。

「おおよそ、話は聞かせていただきましたよ、警部さん。『どうやら、今回も難しい事件になりそうだな……』と、あなたが溜め息を吐いたあたりからね」

「君、ずいぶん長い間、寝たフリしてたんだな」警部は呆れたように顔を顰める。「ところで、わたしの仮説のどこが、そんなに片腹痛いのかね。説明してもらおうじゃないか」

「お安い御用です」鵜飼は求められるままに説明した。「警部さんは梶本伊沙子が死んだフリをしていたといいますが、いうほど簡単なことではありませんよ。そもそも、死人の演技は観客がいなければ成立しない。この場合は、滝沢美穂さんという第一発見者ですね。しかし、彼女がその時間に《逆さまの祠》を訪れ、ひとりで《死体》を発見してくれると、誰に予想できたでしょうか。彼女が掃除にこなければ、梶本伊沙子は死人の演技をしたまま、祠の中で何時間も待ちぼうけを食わされていたはず。あるいは仮に、美穂さんがうまく《死体》を発見してくれたとしても、そのとき誰か他の参拝者などが居合わせた場合、死人の演技をしている梶本伊沙子はその演技をやめるにやめられなくなってしまう。その場合、彼女はいったいどう対処するつもりだったんでしょうね、警部さん？」

「うーむ、途中で死人の演技を切り上げて、ダッシュで逃げ出すつもりだった——とか」

「そんな間抜けな犯罪計画がありますか。だいいち、そのような死人の演技に、なんの意味があるというんですか。梶本伊沙子がひと芝居打つことで、祠が密室になるとか、誰かに鉄壁のアリバイができるとか、そういった効果がありますか。そもそも警部さんの仮説は、梶本伊沙子の死体の消失については説明できても、その後に彼女が本当の死体となって発見されたことを説明してはいない。彼女はなぜ、この《逆さまの祠》で、このような死に様をさらすに至ったのか。それが判りますか、警部さん！」

「い、いや、それはわたしにもまだ判らん」砂川警部は悔しげに唇を噛むと、震えを帯びた目で探偵の姿を見やった。「で、では、君には判るというのかね。梶本伊沙子がいったい誰にどうやって殺害されたのか、その真相が君には判ると……？」

すると鵜飼は、警部の前で両手を腰にあて、これ見よがしに胸を張って断言した。

「いいえ、警部さん！　今回の事件、いまのところ僕にも、皆目見当がつきませんよ！」

砂川警部が公僕でなければ、鵜飼はこの日三発目のパンチを浴びていただろう。だが、さすがに自分の立場をわきまえる警部は、目障りな探偵に対して礼儀正しく命令した。

「大変申し訳ないが、君、ちょっと下がっていてもらえるかね。捜査の邪魔だから！」

5

「畜生、なんだい、あの警部さんの対応は。こういう場合、普通は警察側から『どうか名探偵のお知恵をお貸しください』と頭を下げるものだろうに、それをまるで邪魔者みたいに……」

現場から追い払われた探偵は、憮然とした表情。その口は、壊れた蛇口のように警部への不満を垂れ流す。そんな鵜飼の怒りをよそに、朱美は冷静な口調で現状を語る。

「仕方ないじゃない。鵜飼さんは、まだ名探偵とは思われていないんだから」

「ふん、どうやら、そうらしいね。――ああ！　はやく名探偵になりたい」

鵜飼はまるでなにかの宣伝文句のようにその言葉を発すると、森の小道を抜け、神社の境内へと舞い戻る。その間も探偵は自問自答するように事件について語り続けていた。

「死体が現れたり消えたりも奇妙だが、むしろ不思議なのは、これらの作為が何の目的でおこなわれたのか、その点が不明だということだ。いや、待てよ、そもそもこの死体移動は、なにかのトリックなのか。それにしちゃ、偶然の要素が多すぎる気がするが……」

と、そのとき鵜飼たちの背後から、何者かの語りかける声があった。

「どうやら、お困りのようですねぇ。なんなら、このわたしがお力になりましょうかぁ」

甘えたように語尾を伸ばす、若い女性の声。か細いながら透明感のある声だ。いったいこの可憐な声の主はどんな美少女か、と多少の興味を抱きつつ朱美は振り返る。

そこにいたのは美しい黒髪の美少女――ではなく、白くて巨大な烏賊のバケモンだった。

「………」朱美は頰の筋肉をピクリとさせながら、「な、なにこれ？」と鵜飼に聞く。

「やあ、これはさっき階段から転がり落ちた、烏賊の着ぐるみくん――いや、女の子だから着ぐるみちゃんだな」そして鵜飼は十年来の友人であるかのように、不気味な巨大烏賊に語りかけた。「写真撮影はもう終わったのかい？　君、名前はなんていうのかな？」

「名前はマイカですぅ。漢字で書くと『真烏賊』ですけど、それだと可愛くないので片仮名の『マイカ』でお願いしますね。ちなみに名字は『剣崎』と書いて『ケンサキ』って読みますぅ。本名『剣崎マイカ』ですぅ。親しみを込めて、『剣崎！』と呼んでください〜」

「なんでだよ⁉　ゆるキャラなら『剣崎』じゃなくて『マイカちゃん』だろ、普通」

「えー、剣崎は駄目ですかぁ。判りましたぁ。じゃあ、今日のところはマイカでいいですぅ」

「今日のところは……って、なるほど、ゆるキャラだけあって設定も緩いみたいだな」

「そんなことありませんよぉ」とマイカは白い巨体を揺すって抗議する。「これでも、ちゃんとしたプロフィールがあるんですよぉ。性別は女子で年齢は十七歳。住所は烏賊川港の沖合。好きな色は白。趣味はスキューバ・ダイビング。特技はタップダンス。好きな食べ物は小エビや小魚。天敵は肉食の大型魚類。襲われた場合は、墨を吐いて逃げますぅ」

前半は確かに『剣崎マイカ』のプロフィールだが、後半は単なる烏賊の生態である。

朱美は啞然とした顔のまま、着ぐるみの頭のあたりを指差した。「ねえ、マイカちゃん、頭に昆布が乗っかってるのは、どういう意味があるの？　ある種のリアリズムかしら」

「し、失礼ですぅ。これは昆布じゃありません。昆布でできたリボンですからぁ」

「…………」要するに昆布なわけね。朱美は次第に薄れていく現実感の中で、鵜飼に尋ねた。「中に入っている女の子は誰なのかしら。ひょっとして十乗寺(じゅうじょうじ)家のさくらちゃん？」

「いや、違うな。この独特の語尾の伸ばし方は、吉岡(よしおか)酒店の沙耶香(さやか)ちゃんだろう。おそらく吉岡酒店は長引く不況の影響を受けて、本業の売り上げが悪化し、その結果、看板娘の沙耶香ちゃんが、こうやって烏賊の着ぐるみを着ることで、日銭を稼がざるを得ない状況に陥ったのだ。そうなんだろ、沙耶香ちゃん？」

「ち、違いますぅ！　さ、沙耶香なんて女の子……ぐすん……わたし知りませんからぁ！」

涙で声を詰まらせながら、鵜飼の言葉を必死に否定するマイカ。その健気(けなげ)な姿に、朱美ももらい泣きしそうになる。だが、よくよく考えてみれば、朱美は沙耶香とは直接面識がない。マイカの正体が沙耶香だとしても、べつに泣くほどのことはないな、と思い直した。

「ところでマイカちゃん、あなたさっき『わたしがお力になりましょうか』っていってたわよね。あれは、どういう意味なのかしら」

「もちろん、言葉どおりの意味ですぅ。どうやら今回の事件、烏賊神神社の事件だけあって烏賊と深い関わりがあるのではあるマイカ。だったら警察や探偵よりも、烏賊であるわたしの方が謎を解ける確率が高いのではあるマイカ——と、わたしにはそう思えるんですぅ」

「えーっと、その『〜ではあるマイカ』っていうのも、マイカちゃんのキャラ設定のひとつなのね。だけどそれ、この先、面倒くさくなる可能性が高いわよ。本当にいいの？」

「キャラ設定とか、いわないでくださぁい！　これはマイカの生まれ持った口癖ですからぁ」

「なるほど、判ったわ」朱美は頷き、顎に手を当て真剣な顔を覗かせた。「確かに今回の梶本伊沙子殺害事件は、烏賊の手も借りたいほどの難事件に違いない。ならば、《ゆるキャラ探偵》剣崎マイカに話を聞いてもらうのも、事件解決に至る有効な手段かもしれないわね——って馬鹿ぁ、そんなわけあるかあ！　だいたい誰が、偶然居合わせたゆるキャラに殺人事件の相談なんかするってのよ！　そんな酔狂な人、いるわけないでしょーが！」

　と、朱美が決め付けたしばらくの後。神社の御神木である大ケヤキの下にて——

「……というわけなんだよ、マイカちゃん。いや、《ゆるキャラ探偵》剣崎マイカ先生」

　鵜飼は今回の事件についてゆるキャラ相手に語り終えていた。朱美は腕組みしたまま溜め息まじりに呟くしかない。「いるのよね、こういう酔狂な人が。しかも案外近くに……」

　一方、巨体を持て余す剣崎マイカは切り株に腰を下ろした恰好で、瞬きもせずに彼の話を聞き終えた。そして、事件についてしばし黙考——といっても考えていようが眠っていようが、表情はいっさい変わらないのだが——やがて、マイカはすっくと立ち上がった。

「判りましたぁ。どうやら、みなさんは死体の出現と消失に気を取られるあまり、あるひとつの物について、大きな見落としをなさっているのではあるマイカ。それに気がつけば、事件の真相は自ずと明らかになるのではあるマイカ」

「はあ⁉　あるひとつの物……」

鵜飼と朱美は、なんのことやら、といいたげに互いの顔を見合わせるばかりだった。

6

マイカは、事件の鍵となるひとつの物体を明かした。「——それは、竹箒ですぅ」

「竹箒⁉」鵜飼は腕組みしながら、その単語を繰り返す。「竹箒といえば、例の巫女さん姿の美穂ちゃんが手にしていたな。あれが、どうかしたのかい？」

「よく考えてみてください。美穂さんは掃除をするために《逆さまの祠》に向かい、そこで女の死体を発見しました。驚いた彼女は、慌てて烏賊神家まで人を呼びに戻りました。このとき、彼女が竹箒を手にしたまま、森の小道を走ったと思いますか。思いませんよね。

このような場合、袴を穿いた女性は、袴を両手でたくし上げるようにして走るものではあるマイカ。それが、いちばん速く走れますし、転ぶ心配も少ないのではあるマイカ」

確かに、朱美の記憶の中でも、烏賊神家の玄関に現れた滝沢美穂の袴は、その太ももの部分が酷く皺になっていた。彼女は袴の太もものあたりを両手で持ち上げた恰好で、烏賊神家に駆けつけたのだ。だとすると、彼女が竹箒を手に持つことは不可能だ。

朱美は、ようやくマイカのいわんとすることが、判った気がした。

「そっか。あの場面、美穂ちゃんは《逆さまの祠》に竹箒を残してきたはずよね」

「確かに、そうなるな」鵜飼は頷き、そして呟く。「でも変だな。僕らが駆けつけたとき、《逆さまの祠》の周辺には竹箒はおろか、棒切れ一本落ちていなかったぞ。なんでだ？」

「犯人が隠したのかしら……」

「でも、そんなことしても、意味ないだろ……」

揃って首を傾げる鵜飼と朱美。そんな二人を前に、マイカは得意げに真実を口にした。

「理由は簡単ですぅ。美穂さんが竹箒を残したのは《逆さまの祠》。だけど、お二人が駆けつけた祠は《逆さまの祠》ではありませんでした。だから竹箒がないのも当然ですぅ」

「なんだって、そんな馬鹿な！」鵜飼は怒ったように声を荒らげた。「僕らが駆けつけたあの祠が《逆さまの祠》じゃない!?　じゃあ、あの祠はいったいなんだっていうんだ？」

「そうよマイカちゃん。あまりいい加減なことというと、真烏賊の姿焼きにしちゃうわよ！」

「わ、わたし、焼いても美味しくありませんからぁ」怯(おび)えるようにマイカは身をよじり、そして唐突に話題を変えた。「あの、つかぬことをお聞きしますけど、わたしのここ――ほら、この身体のてっぺんにある三角形っぽい恰好をした部分は、何だと思いますか」

「なにって……頭でしょ」

　無造作に朱美が答えると、すかさず鵜飼が訂正した。「いや、違うぞ、朱美さん。そこは頭ではなくて、烏賊のひれだ。普通の魚でいうところの尾ひれみたいなものだ」

「はい。では、わたしの目はどこにあると思いますか」

「決まってるじゃない。ここよ、ここ！」と、朱美は着ぐるみの目玉を指で突く。

「わ、やめて、目ン玉、抉(えぐ)れちゃいますぅ」と、痛くもないのにマイカは猛烈に嫌がる仕草。「そ、そこも確かに目ですけど、普通の烏賊の目はどこかとお聞きしているんですぅ」

　すると、鵜飼は着ぐるみの下半身を指差しながら、こう答えた。

「普通の烏賊の目は、十本の足の付け根のあたりの、ドロドロってなったあたりにあるんじゃないか。確か、口もそのへんのグチャグチャってなったところにあるはずだ」

「ひ、酷いですぅ、探偵さん！　ドロドロでグチャグチャだなんて、わたしの身体をそんなまるで軟体動物かなにかのようにいわないでください〜」

「いや、君は軟体動物だろ！」そして鵜飼は小さな声で、いまひとつ設定が判らんな、と不満を呟きながら、「——で、要するに、なにがいいたいのかな、マイカちゃん？」

「お判りになりませんか？　一見、頭に見える部分が尾ひれで、一見足が生えているように見える部分に目や口がある。つまり烏賊という生物は、尖った頭のように見える部分が実は下半身であり、足が生えているほうが上半身なんですね。実際、動物図鑑を見れば、烏賊は必ず十本の足のほうを上向きにして載っています。ちなみに、みなさんが足と呼んでいる十本のアレは、正確には烏賊の腕なんですよ。だって上半身から生えているんですから、当然、足じゃなくて腕にきまってますよね」

「な、なるほど！」深い感銘を受けたかのように、鵜飼は手を叩いた。「つまり、マイカちゃんは、いま二本の足で地面に立っているように見えるけれど、実際は両腕で身体を支えながら、逆立ちしているっていうわけだ」

「そうそう、そういうことですぅ。もー、ホントきつくて大変なんですから！」

「………」中身の女の子は変にノリがいいな、と朱美は妙な部分で感心したが、それはともかく。「マイカちゃんの話が事実ならば、確かにわたしたちが駆けつけた祠は《逆さまの祠》ではなかったってことになるわね。あの祠の開き戸には、十本の足を上にした烏賊の絵が彫られている。わたしたちは子供のころからずっと、あの祠の絵を逆さまの烏賊の絵だと思い込んできたけれど、実際は、あれが通常の状態にある烏賊の絵ってことなのね」

「うむ、つまり、あの祠は《逆さまの祠》ではなく、二つある祠のもう片方、《烏賊さまの祠》だったわけだ。僕らはそのことを勘違いしていた。いや、僕らばかりではない。砂川警部を初めとする警察関係者だって、あの祠を《逆さまの祠》だと信じて疑わなかった」

「そうね。きっと、烏賊川市民のほとんどが勘違いしているはずよ」

「それも無理のない話だ。だが待てよ。代々、烏賊神神社の宮司を務める烏賊神家の一族に限って、僕らと同じ勘違いはしないはずだ。そしてバイトとはいえ彼らと一緒に働く美穂ちゃんも、二つの祠の名前を正確に認識していたに違いない。ということは……」

「はい、そういうことなんですぅ」

嬉しそうに身体を揺すると、《ゆるキャラ探偵》剣崎マイカは、衝撃の推理を語った。

「今回の事件では、烏賊神家の人々、および滝沢美穂がみんなで同じ嘘をついているのではあるマイカ――と、わたしはそう睨んでいるのですぅ」

剣崎マイカは鵜飼と朱美を前にして、白い巨体を揺すりながら、事件について語った。

「今日の午後、美穂さんは掃除の最中に梶本伊沙子の死体を発見しました。場所は本当の意味での《逆さまの祠》。その開き戸には、尖った三角のヒレを上に、十本の足を下にした、逆さまの烏賊の絵が彫られています。死体を見つけた美穂さんは、竹箒を祠の傍に残したまま、烏賊神家に駆けつけます。そして、みなさんの前で叫んだのです。『《逆さまの祠》で女の人が死んでいます』と。それを聞いたお二人は、さっそく《逆さまの祠》へと駆けつけます。お二人が長年にわたって《逆さまの祠》だと信じ込んできた祠へと――」

「だが、そこは《逆さまの祠》ではなく、《烏賊さまの祠》だった。開き戸には足を上にした烏賊の絵が彫られていた。当然、祠の中に死体はない。竹箒も見当たらないってわけだ」

「でも、その直後に、烏賊神金造さんが同じ祠に駆けつけてきたわ。じゃあ、あのとき、金造さんはわたしたちの勘違いにすでに気付いていたってことね。気付きながら、敢えてそれを訂正しようとはせずに、わたしたちと一緒に首を傾げていた。そういうことね」

「はい、そうですぅ。お二人と金造さんは、結局、死体を見つけられないまま烏賊神の家に戻ります。そして、金造さんはお二人を和室に待たせたまま、しばらく席を外しました。このとき、金造さんはなにをしていたのでしょうか。おそらく、彼は烏賊神家の真墨、伽墨、墨麗の三人きょうだい、および滝沢美穂さんに対して、ひとつの命令を下したのではあるマイカ。その命令とは、『今後《逆さまの祠》と《烏賊さまの祠》の呼び名を入れ替えて呼ぶように』というようなものだったのではあるマイカ——と、わたしは思いますぅ」

「要するに、僕らが勘違いしている呼び名のほうに、すべて話を合わせなさい、ということだな。金造さんは僕らの勘違いを訂正するのではなく、むしろその勘違いをそのまま事実にしてしまおうと考えたわけだ」

「なぜ、そんな奇妙な真似をする必要があるの？　それに、わたしたちが《逆さまの祠》だと勘違いしていた祠に、後から梶本伊沙子の死体が出現したのは、なぜ？」

「梶本伊沙子の死体は、本来の《逆さまの祠》から、偽りの《逆さまの祠》へと、移動させられたのではあるマイカ。死体の移動は、お二人が金造さんから仕事の依頼を受けている最中に、密かにおこなわれたのではあるマイカ。実際に死体を運んだのは、体力のある真墨ではあるマイカ。しかしながら実際に死体運搬の指示を出したのは、やはり金造ではあるマイカ、と思われます」

「ちょっと待って」懸念した事態が繰り返されるのを見て、朱美はひと言いわずにはいられなくなった。「ほらね。『〜ではあるマイカ』っていうキャラ設定、だんだん面倒くさくなってきたでしょ。推理を語る場面では特に使用頻度が高くなるから。——もう、やめたら？」

「確かに、語尾が気になって推理の内容が頭に入らないな。——やめたほうがいいね」

「いえ、お二人のおっしゃることは、よく判りますけど、ここまできてキャラを捨てるのは、ゆるキャラの自殺行為ではあるマイカ、と思いますので最後まで続けますぅ」

剣崎マイカはキャラに対する意外なまでのこだわりを見せながら、なおも説明を続けた。

「金造さんとの話を終えたお二人は、美穂さんと一緒に再び同じ祠——お二人が《逆さまの祠》と信じ込んでいる祠——を訪れて、梶本伊沙子の死体を発見しました。こうして、あたかも《逆さまの祠》に梶本伊沙子の死体が出現し、消失し、また出現したかのような現象がおこったというわけです。実際には、《逆さまの祠》で発見された死体が、《烏賊さまの祠》に移動させられただけだったんですぅ」

「ふーん、そういうことだったのね」と、いちおう納得の表情を浮かべながら、朱美は隣の探偵に確認した。「だけど、できるかしら、そんな死体運搬？」

「そうだな。真墨は体力がありそうだったし、それなりに時間を掛ければ運べないことはないだろう。台車かなにかを使った可能性もあるわけだし。それに、最初に美穂ちゃんが発見した死体は、出血が少なかったらしい。おそらく、凶器が背中に刺さったままになっていたために、出血が抑えられていたんだろう。だったら、運搬の最中に血のりで小道を汚すこともない。真墨は死体を運び終えた後で、凶器のロウソク立てを引き抜いて、現場を血で汚したんだな。いかにもそこが犯行現場であるかのように、思わせるために」

「なるほどね。それは判ったわ。でも、わたしが不思議なのは、金造さんが家族や美穂ちゃんを巻き込んでまで、そんな手の込んだ嘘を吐く、その理由なんだけど」

朱美の疑問に、マイカは答えをちゃんと用意していた。

「おそらく金造さんは、今回の事件を徹頭徹尾、あの祠、つまりお二人が《逆さまの祠》と信じて呼ぶ、あの祠で起こった事件にしたかったのではあるマイカ。逆にいうなら、お二人が《烏賊さまの祠》と呼ぶ祠——実際は、そちらこそが《逆さまの祠》であり、本当の犯行現場なのですけど——そちらを舞台にした事件にはしたくなかったのではあるマイカ。なぜなら、犯行の直前にそちらの祠に向かう、とある人物の姿を、金造さんはお二人と一緒に見てしまったから——」

「とある人物……あ、そうか！」叫び声とともに鵜飼が指を弾く。「花江さんだ。僕らは花江さんが、事件の直前に森の小道を通って、《逆さまの祠》に向かう姿を見ている。もっとも、あのとき僕は二つの祠を取り違えていたから、花江さんが《烏賊さまの祠》に向かっていると思ったし、実際そんなふうに呟いたけれど」

「確かに、わたしも花江さんは《烏賊さまの祠》に向かっていると思ったわ。だから、《逆さまの祠》の事件とは結びつけて考えなかったけれど、いまにして思えば、あれはまさしく《逆さまの祠》へと向かう犯行直前の花江さんの姿だったわけね」

「はい、少なくとも金造さんは、そのように考えたのではあるマイカ。だから、花江さんを事件の中心から遠ざけるために、嘘を吐いたのではあるマイカと思います。ただし！」

「――ただし!?」鵜飼と朱美の声が揃う。

「金造さんやお二人が目撃したのは、あくまで森に入っていく花江さんの姿だけ。その後、花江さんが、実際に《逆さまの祠》で梶本伊沙子を殺害したかどうかは、誰にも判らないのではあるマイカ。金造さんたちは、花江さんのために必死に嘘を吐いていますが、どうもお話を聞く限り、花江さんの様子には、殺人を犯した直後の怯えや動揺が、なさ過ぎるのではあるマイカ。そんなふうにも思えますぅ」

「確かに」と鵜飼が頷く。「僕らにお茶を振る舞う花江さんの様子は、落ち着いたものだった。彼女が森へ向かったのは、実際ツツジを摘むためだったのかもしれない。では、花江さんは犯人ではなく、梶本伊沙子を殺害したのは他の誰かなのか？」

「けれど、一方で花江さんが真犯人である可能性も、捨てきれないのではあるマイカ？」

「…………」ひょっとして、自分たちはゆるキャラに弄(もてあそ)ばれているのではあるマイカ、と朱美はいささか不安を覚えはじめた。「要するに、犯人はいったい誰なのよ」

じれったそうに身をよじる朱美の前で、剣崎マイカは唐突に意外な言葉を口にした。

「真犯人にたどり着く鍵は、被害者の残したダイイング・メッセージではあるマイカ！」

「ダイイング・メッセージ⁉」鵜飼は眉間に皺を寄せて、「そんなの現場にあったかな？」

「ひょっとして、美穂さんがいっていたアレのことかしら。梶本伊沙子の死体は、烏賊の像にキスするような恰好だったっていう、アレが死者の残した伝言ってこと？」

「そうですぅ。美穂さんは金造さんに命令されて、祠の名前については嘘を吐いていますけれど、それ以外のことについては、細かく指図されてはいないはずです。被害者は烏賊の像にキスするような恰好だった、と美穂さんがいうのなら、それはおそらく事実だったのではあるマイカ。そしてそれこそが、真犯人を指し示す鍵ではあるマイカ――」

「でも、烏賊の像にキスする姿が、なんで犯人を示すことになるの？　犯人は烏賊に対する愛情が深い、とか？　だけど烏賊神家の一族なら、たぶん全員がそれに該当するわよね」

「じゃあ、烏賊の像にキスする姿が、誰かの頭文字を表している、とか？」

「それですぅ。まさしく、烏賊にキスで一個の文字を示しているのではあるマイカ！」

「うーむ、そういわれても判らないな」鵜飼は腕組みをしながら、天を仰ぐ。「烏賊にキスしようが人工呼吸しようが、なんの文字にもならないのではあるマイカ……」

「わ！　やめてください。キャラ泥棒は、いちばんやってはいけないことですぅ」

マイカはその場でピョンピョン飛び跳ねて、怒りを露にした。「探偵さんが、そういう態度を取るようなら、これ以上の謎解きは中止しますぅ。後は自分で考えてください〜」

まあまあ、そういわないで。結末まであとちょっとだから。がんばれがんばれ。みんな期待してるよ。――そんなふうに朱美と鵜飼が両側から慰めると、マイカはなんとか機嫌を直し、そしてようやく最後の推理を口にした。

「烏賊の像にキスをする。すなわち被害者は烏賊に口づけしていたわけですぅ。烏賊に口を付けたら、なんという文字になりますか、探偵さん？」

「烏賊に口なら……烏賊口⁉」

徹底的に想像力を欠いた鵜飼の答えに、朱美は俯き、マイカは落胆の溜め息を漏らした。

「烏賊はカタカナで考えていただけますかぁ。イカに口、それを横に並べてください」

「イカに口を付けて横に並べる……あ、そうか。『伽』だな。漢字の『伽』だ」

「伽墨の『伽』だわ」朱美は思わず叫んだ。「つまり、犯人は烏賊神伽墨。そういうことね！」

朱美と鵜飼が真剣な表情で見守る中、《ゆるキャラ探偵》剣崎マイカは顔の皺ひとつ動かすことなく、「はい、そういうことですぅ～」と、特別に長く語尾を伸ばしながら頷いた。

烏賊神神社を揺るがした難事件の真相は、こうして白日のもとに晒されたのだった――

翌日の新聞には、烏賊神神社で起こった殺人事件と、犯人逮捕のニュースが躍っていた。やはり犯人は烏賊神伽墨だった。金造と同様、伽墨もまた梶本伊沙子のことを兄、真墨の交際対象として認めていなかった。昨日の午後、伽墨は梶本伊沙子を《逆さまの祠》に呼びつけ、彼女に対して兄との交際を諦めるように説得を試みた。だが、それが口論となって、結果的に伽墨は興奮のあまり手にしたロウソク立てで、相手の背中を刺してしまったのだった。そのとき、祭壇から落下した烏賊の像を、梶本伊沙子が手にして、口許に寄せるのを伽墨は見ていたのだが、伽墨はその意図するところが判らないまま、祠から逃げ出したのだという。その後の出来事については、剣崎マイカが推理したとおりだった。

もっとも、《ゆるキャラ探偵》剣崎マイカが砂川警部以下の警察関係者一同を前にして、あのような推理を滔々と語る――というような、あまりにシュールな場面が実現したわけではない。実際には、鵜飼がマイカから聞いた推理を、警部に耳うちしたのである。

「しかし、判らないな……」

探偵事務所の椅子に座る鵜飼は、読み終えた新聞を朱美に手渡しながら、口をへの字にした。「剣崎マイカの中に入っていたのは吉岡沙耶香ちゃんだったはず。なぜ酒屋の看板娘に過ぎない沙耶香ちゃんが、着ぐるみを着た途端、あんなふうに名探偵っぽい推理を披露できたんだ？　あれは、ただの可愛くない巨大烏賊の着ぐるみに過ぎないのではあるマイカ……」

「さあ、どうかしら」朱美は新聞記事に目を落としながら、「話をした場所が烏賊神神社の境内で、しかも御神木の傍だったでしょ。そこで烏賊の着ぐるみを着ていたことが、実は大きかったのではあるマイカ」

「なるほど」と鵜飼は小さく頷いて、「なんだか、癖になるな、この口調」

「マイカちゃんが聞いたら、また怒るわね。『キャラ泥棒は、いけませ〜ん！』って」

「だが、それはともかく、昨日のマイカちゃんには、確かに謎解きの神さまが降りている感じだったな。それとも、ゆるキャラに名探偵の霊が憑依したのかな？」

「んなわけないでしょ」鵜飼の戯言を一蹴するように、朱美は机に新聞を放り投げる。

だが、鵜飼は自らの考えに取り憑かれたかのように、顎に手を当てて、何事か考える素振り。その様子を見るうちに、朱美の胸にふとした疑惑が浮かんだ。

「まさか鵜飼さん、『あの着ぐるみが欲しい』なんて、思ってないでしょうね？」

「僕が!?　あの烏賊のバケモンを!?」鵜飼は一瞬啞然とした顔になり、それから腹を抱えて笑い出した。「ははは、冗談じゃない。あんな恰好をするぐらいなら、殺人犯を取り逃がすほうが、まだマシだ。僕はどんなに事件が迷宮入りしようとも、あんなものは着たくないね」

いや、その考え方も探偵として問題があるのではあるマイカ……心の中で朱美は呟く。

そんな彼女の前で、鵜飼はふいに真面目な顔を覗かせ、真剣な口調でこう呟いた。

「そうだ……今度、あれを流平君に着せてみよう……そうすれば、流平君が名推理を語ってくれるのではあるマイカ……」

そして探偵は愉快な悪戯を企む子供のように、ニヤリと笑みを浮かべるのだった。

死者は溜め息を漏らさない

1

　それは長かった梅雨もようやく明けた、七月中旬のこと。

　場所は盆蔵山にある小さな村。名を猪鹿村という。その名のとおり猪や鹿のほうが人間よりも多く棲む、ド田舎の寒村だ。そんな猪鹿村の、さらに奥まった地域の出来事である。

　暗い夜道をひとり歩く少年の姿があった。

　少年の名前は中本俊樹。白いカッターシャツに制服の黒いズボン、肩から襷にして担いだ布製のショルダーバッグ。その表面には猪と鹿がデザインされたエンブレムがプリントされている。猪鹿中学校の校章だ。中学二年生の彼は、学校からの帰宅途中だった。

　やがて少年は道路が二つに分かれる分岐点に差し掛かった。

「くそ、すっかり暗くなっちまったぜ」

　中本少年は周囲の闇を確認するようにあたりを見回し、それから前方に延びる小道を前に、思わず深い溜め息を吐いた。「おまけに、この道かよ……」

それは道路というよりは獣道と呼びたくなるような未舗装の道だった。道幅は一メートル程度。雑草生い茂るその小道が自宅までの最短ルートであることは間違いない。だが、それは街灯もなければ車も通らない、まさしく暗闇の中の一本道なのだ。

できれば、この道は明るいうちに通りたかった、と中本少年は腕を組んで嘆息する。

「畜生、こんなことになるなら、帰り際に『こっくりさん』なんか、やらなきゃよかった」

まったく彼のいうとおりなのだが、それを予見できないのが中学二年生の浅薄さというべきだろうか。だが、そもそも嫌がる友人をそそのかし、生半可な知識で『こっくりさん』を始めたのは、中本少年自身だった。彼の嘆きは自業自得なのだった。

そんな彼は目の前の暗闇へ鋭い視線を向けると、誰にともなく呟くようにいった。

「仕方ねえ。この道がいちばん近道だし、いまの俺には遠回りしている余裕はねえ」

念のためにいっておくが、いまの彼は、ただ単に自宅に戻ろうとしているだけである。危機に陥った仲間を助けに向かう途中、などといった切迫した事情はなにもない。少しぐらい遠回りしたところで、母親の作った晩飯が冷める程度のことでしかなく、特に問題はないのである。

にもかかわらず、敢えて危険な選択肢を選ぶ中本少年。その理由は、やはり彼が中二の真っ只中であるという以外には、見出せないのだった。

だが理由はさておき、敢えて危険を選んだ少年は、一本道へと大胆に歩を進めた。

「さあ、いくぞ。いきますよ。はん、こんな道、毎日通っているから、全然平気だぜ」

自らを鼓舞するような威勢のいい言葉が、彼の口から途切れることなく放たれる。喋ることを止めた瞬間、あたりは恐ろしい静寂に包まれるから、喋るしかないのだ。彼が内心深く怯え、恐怖に震えていることは、百メートル先からでも聞き取れただろう。

「へん、どうせ誰もいないんだろ。誰もいないよな？　いや、べつに返事なんかいらねえからな！」

見えない何者かと必死で対話する中本少年。端から見れば、誰よりも危ない存在に見えたに違いない。だが幸か不幸か、その道を歩む者は彼以外に誰もいなかった。完全に少年のひとり相撲である。

やがて、中本少年の前方を遮るように、ひとつの崖が姿を現した。

崖の高さは十五メートル程度。垂直とまではいかないが、人間が上るのは困難なほどの急傾斜である。表面は茶色い地面と岩が剝き出しで、植物の緑は僅かしかない。もっとも、いまは深い闇の中。見慣れた崖は、黒い屛風を立てたような姿で、少年の前に立ちはだかっていた。

少年の進む道は、その崖に突き当たったところで右に角度を変え、崖沿いに続くのだ。

だが、少年がその崖に歩み寄ろうとした、ちょうどそのとき——

突然、「あッ」というような叫び声。それは彼の頭上から降るように聞こえてきた。

思わずビクッと身体を硬直させ、少年はその場に立ちすくむ。すると次の瞬間！

崖の斜面を勢いよく落下してくる巨大な黒い塊があった。

小石や土埃を撒き散らしながら、こちらに向かって斜面をゴロゴロと転がり落ちてくる謎の物体。身の危険を感じた少年の口からは、咄嗟に緊迫感のある台詞が飛び出した。

「——畜生、罠か！」

あらためていっておくが、彼は帰宅途中の普通の中学生である。極秘文書を命に代えても守らねばならない、といった特殊な任務があるわけではない。そんな彼を誰かが待ち伏せして大掛かりな罠を張ることなど、絶対にあり得ないのだが、そんな常識は自意識過剰な中学生にはまったく通用しないのだった。

何者かが自分の命を狙っている！　そう確信した少年は、覚えたてのバク転と側転でもって、敵の攻撃（？）を精一杯カッコ良くかわした。もちろん、すべて無駄な動きである。

そうやって崖の斜面から数メートルの距離をとった中本少年は、両手を前に突き出しファイティング・ポーズ。そんな彼の視線の先には、たったいま崖を転がり落ちてきた物体が、長々と横たわるばかりだった。

「だ、誰だ……!?」

月明かりしかない暗闇の中ではあるが、それが人間であることはすぐに判った。色はよく判らないが半袖のシャツにズボンを穿(は)いている。体格から見て、大人の男性らしい。男は崖の上からこの道端まで、急斜面を一気に転がり落ちたのだ。無傷であるはずがない。

「おお、おい……だだ、大丈夫なのかよ……」

次第に現実感を取り戻した中本少年が、離れた場所から声を掛ける。

だが男は仰向けに倒れたまま、微動だにしない。ぽっかりと開かれた男の口から、言葉が発せられる気配はなかった。

「し……死んでる……」

少なくとも中本少年の目には、そう映った。それでもなんとか彼は男に接近を試みる。

だが、そのとき彼の目に信じがたい光景が飛び込んできた。そのあまりの異常さに、彼は再び身体を硬直させて立ちすくむ。

男の開かれた口許から、なにかが溜め息のように吐き出されたのだ!

それは喫煙者が吐く煙草(たばこ)の煙のようにも見えた。だが、そうではあるまい、と少年は自分の考えを瞬時に打ち消した。なぜなら男の口から飛び出てきたものが、僅かながらも明るい輝きを帯びているように見えたからだ。だからこそ、闇の中で少年はその物体を目撃することができたのだ。

煙草の煙ではない。季節は夏だから、吐いた息が白く見えたのでもない。もちろん嘔吐物でもない。そもそも、真上に向かってゆらゆらと胃の内容物を吐き出すような特殊なワザは、見たことがない。見たいとも思わない。

ならば、いったいなんだ？　人間の口から吐き出される物体で、神秘的な輝きを帯びながら、煙のように宙を漂うものといえば——「はッ、ひょっとして！」

そのとき彼の脳裏に、ひとつの難解な単語が浮かび上がった。いままで何度か耳にしてきた怪しげな言葉。正体不明な現象とともに語られ、なぜか印象的な響きを持つその言葉を、少年は恐る恐る口にした。

「エ、エクトプラズマ⁉」

いや、なんか違うな。そんな大画面テレビみたいな言葉じゃなかったはず——

直感で間違いに気づいた少年は、誰も聞いていないのを幸いとばかり、何事もなかったように言い直した。「エクトプラズム。そう、エクトプラズムだ！」

その言葉を少年はオカルト関連の本で読んだことがある。詳しい内容は忘れたが、人間の口から何やら怪しげな物体が吐き出される心霊現象を意味していたはずだ。いま目撃した光景こそが、まさにそれではないか。少年はそう考え、そしてガタガタと震え出した。

「てことは、これは……し、心霊現象、つまり……ゆ、幽霊……」

心霊現象、イコール幽霊とは限らないのだが、なにせ放課後に『こっくりさん』をやったばかりの中学生だ。霊的現象には特に敏感になっていた。もはや目の前で倒れている男に歩み寄る度胸はない。

男はたぶん死んでいる。そりゃそうだ。あの崖の上から転がり落ちたんだから、生きてるほうが不思議というものだ。ならば、救いの手を差し伸べることに意味はない――

咄嗟に都合のいい思考を巡らせた少年は、次の瞬間、くるりと踵を返すと、

「ぎゃあああああぁぁぁぁ――ッ」

幽霊も仰天するほどの悲鳴を発して、いまきた小道を脱兎のごとく駆け出した。

ガムシャラに小道を突っ走る中本少年。やがて小道を駆け抜けた彼は、舗装された道路にたどり着いた。道端にしゃがみこみ、肩で息をしながら、しばし呼吸を整える。

その体勢のまま、どれほどの時間が経っただろうか。

遠くの夜空に響き渡るサイレンの音で、少年はふと我に返った。サイレンの音は徐々にその数を増やしながら、こちらに向かって接近しているようだった。

どうやら、誰かが警察を呼んだらしい。通報する手間が省けたと、喜ぶべきところであ

るが、しかし少年は吐き捨てるようにいった。「——ちッ、サツか！」

何度もいうようだが、彼は単なる帰宅途中の中学生である。べつに警察から追われる殺人鬼でもなんでもない。サツに見つかっても全然平気のはずなのだが、やはりそんな理屈は、いまの彼には通用しないのだった。

中本少年はパトカーのサイレンから逃げるように、舗装された道を再び駆け出した。

こうして、若干の遠回りをしながら中本少年は自宅に帰りついた。そんな彼は玄関の扉を開けるや否や、「おい、かあちゃん、飯！」と、普段どおりに母親に命じた。母親の前でのみ、強気でいられる中本少年だった。

そして少年は、今宵経験した異常な体験を自らの胸に仕舞いこんだままで、何事もなかったように、母親の差し出す晩飯を胃袋に詰め込んだ。

晩飯はすっかり冷めていたが、特に問題はなかった——

2

夏雲の広がる空の下、一台の青いルノーが盆蔵山の中腹の道を行く。

運転席で軽快なハンドル捌きを見せるのは、地味な背広姿の三十男。鵜飼杜夫である。

烏賊川市で探偵事務所を営み、来る日も来る日も瑣末な事件と家賃の支払いに追われる私立探偵。だがその一方、彼は驚くほどの大事件に度々遭遇しては、思わぬ活躍を披露してきた意外性の男でもある。

そんな彼の隣に座るのは、普段ならば探偵助手の戸村流平のはず。ところが今回、よんどころない事情があって彼は一回休み。代わって助手席に座るのは、二宮朱美である。『鵜飼杜夫探偵事務所』が入居する雑居ビルの若きオーナー。鵜飼とは賃貸借契約書を交わし合った深い仲である。

そんな朱美は、いまさらのように運転席の鵜飼に尋ねた。

「流平君の、よんどころない事情って、いったいなんなのよ？」

「海の家でバイトだとさ」鵜飼は不満げに呟く。「それで僕はいってやったんだ。『探偵助手の仕事と、海辺で焼きそばを売る仕事と、どっちが重要かよく考えたまえ』ってね。そしたら、ア奴め、ギ、ギギ、ギギギ……」

「ああ、そういうことね」朱美は一瞬で彼の歯軋りの意味を理解した。要するに、戸村流平は堂々と焼きそばを選んだわけだ。「流平君らしい選択だわ」

「まあね」鵜飼は諦めの表情を助手席に向ける。「だが、流平君が職場放棄したからといって、その代わりに君が事件に首を突っ込む必要は、全然ないと思うんだがな」

「あら、文句でもあるっていうの⁉ これでも流平君より役に立つわよ」

「へえ、そうかい。でも、それがいったいなんの自慢になるんだ？」

真顔でそう尋ねられ、朱美は思わず「うッ」と言葉に詰まる。

実際、《流平君より役に立つ》なんて、言い換えるならば《脱線した電車より速くて快適》みたいなものだ。得意げに口にするようなことではなかった、と朱美は深く反省する。

「まあ、いいじゃない。あたしだって、今回の依頼が平凡な浮気調査とかなら、首を突っ込んだりしないわ。でも、殺人事件っていうんだから、多少の興味は持って当然でしょ。それに昔、誰かがいってたわ。『美しい女性には冒険が必要』って……」

「誰だ、そんな馬鹿な台詞を吐いた奴は？」鵜飼は呆れ顔で首を振る。「それに、今回の事件が殺人事件だと決まったわけじゃない。だからこそ、僕が雇われたわけだしな」

「判ってるわよ。そんなことぐらい――」朱美は助手席で口を尖らせた。

実際、今回の事件は、世間的には平凡な事故として処理されている。

ちなみに――

問題の事件が起こったのは、いまから一週間ほど前の夜のことだ。盆蔵山の中腹、猪鹿村にある高い崖の下で、ひとりの若い男が死んだのである。

男性は北沢庸介、二十七歳。烏賊川市に暮らす独身の市役所職員だった。

死の当日、北沢は早めの夏休み休暇を取り、盆蔵山へとドライブに出掛けたらしい。といっても彼女を連れてのデートなどではない。北沢は購入したばかりの愛車を、ひとりで思いっきり走らせてみたかっただけのようだ。事実、猪鹿村のあちこちで、彼の愛車である赤いボルボとTシャツ姿の北沢の姿が目撃されている。

そんな北沢は、どういった経緯があったのかは不明だが、その日の夜の七時半過ぎには、変わり果てた姿となって発見された。

崖下に横たわった彼の死体は、全身に打撲の痕が見られた。現場の状況から、北沢が崖の上から転落したことは、ほぼ間違いない。頭部を含む全身を強打した北沢は、即死に近かったものと思われる。

どうやら、土地勘のない青年が夜の闇の中で危険な崖にうっかり接近し、誤って崖下に転落。そのまま帰らぬ人となったらしい。すなわち、これは不幸な事故である――

それが警察の出した結論だった。地元のメディアも、同様の趣旨の報道を繰り返した。

だが、その結論を安易であるとして、異議を唱える人物が約一名。それが北沢庸介の母親、北沢真弓(まゆみ)である。彼女は息子の死が事故だとは、どうしても納得できないのだった。

そんな彼女は『鵜飼杜夫探偵事務所』の評判（どういう評判かは不明だが）を聞きつけて、この事件の再調査を探偵に依頼したのである。

その依頼の場面には、朱美も偶然居合わせた。探偵を前にして、警察への不満と憤りを吐露する北沢真弓の口調は実に激しかった。その彼女曰く、

「息子の死は事故なんかじゃありません。あの子が暗い中をあんな危険な崖に近づいたりするもんですか。あの子はどちらかというと高所恐怖症なんですから。いいえ、警察の判断は間違いです。事故じゃありません。息子は村の人に殺されたんですわ」

あまりに一方的な物言いに、鵜飼が恐る恐るといった態度で、「あのー」と口を開く。

「奥様が、息子さんの死を事故ではなく殺人だと信じる証拠でもあるのでしょうか？」

すると真弓はたちまち両目を吊り上げ、厳しい口調で言い放った。

「なにいってるんですか！　その証拠を探すのが、あなたの仕事でしょ！」

激しい剣幕の依頼人を前にしながら、鵜飼と朱美は、「やれやれ……」と苦虫を嚙み潰したような顔を見合わせたのだった。

だが、真弓の傲慢な態度には不満を覚えながらも、鵜飼はその依頼を引き受けた。

なにしろ普段、浮気調査やペット捜しぐらいしか仕事のない探偵だ。そんな彼にしてみれば、事故か殺人かを見極めるという今回の依頼は、多少なりとも刺激的なものに映ったに違いない。もちろん、それは朱美にとっても同様である。

そんなわけで——

この日、二人は鵜飼のルノーに乗り込み、一路盆蔵山を目指したのだった。

車窓から眺めると、あたりに広がるのは、のどかな山里の風景。野生の鹿の姿はさすがに見当たらないが、猪ならば先ほど車の前を一瞬横切るのが見えた。

どうやら、車はすでに猪鹿村に入ったようだ。

車は田んぼの中の舗装された道を進む。やがて前方から接近してくる、白い自転車を発見。ペダルを漕いでいるのは、いかにも村の駐在さんといった雰囲気の若い警官だ。パトロール中だろうか。特定の目的地に向かって急いでいるといった様子ではない。

「ちょうどいい、彼に尋ねてみよう」

鵜飼は車を道端に停め、運転席の窓を開けると、「ちょっとすみませーん」と、通りかかった制服巡査を呼び止めた。「わたくし、烏賊川市で新聞記者をやってまして……」

嘘八百のプロフィールを語ろうとする鵜飼。

だが、巡査は自転車に跨ったまま彼の顔をしげしげと眺め、そして突然「――はッ」と息を呑んだ。巡査は慌てて自転車を降りると、「あなたはもしや、あの有名な私立探偵の鵜飼杜夫さんでは？　善通寺家の交換殺人とクレセント荘の死体遺棄事件、その両方をたったひとりで見事解決に導いた伝説の名探偵！」

なんとも、これは壮大な勘違いである。確かに、盆蔵山を舞台にしたその二つの事件に鵜飼は深く関わったが、たったひとりで見事解決に導いたとまではいえない。

そのことをよく知る朱美は渋い表情。だが、鵜飼にしてみれば巡査の過剰反応は嬉しい誤算だったのだろう。さっそく彼は、相手の勘違いを最大限利用するやり方を選んだ。

「おっと、バレちゃ仕方がないね。――いかにも、僕が伝説の名探偵、鵜飼杜夫だ」

こうして彼は《伝説の名探偵》となることに、苦もなく成功した。

その効果はテキメン。巡査は鵜飼の前で直立不動の姿勢をとり、最敬礼した。

「お目にかかれて光栄です。わたしは村の駐在に勤務しています、松岡(まつおか)です。――ところで、今日はこの村になんの御用で？　また、なにか重大事件でも？」

「まあ、重大事件といえるかどうかが、問題なんだけどね。ほら、一週間ほど前に、この村で男の転落死体が発見されただろ。その現場にいきたいんだ」

「ああ、あの崖なら、すぐそこです。でも、ちょっと説明しづらい場所ですね」

そういうと、松岡巡査はすぐさま白い自転車に跨った。「では、現場までわたしが案内しましょう。自転車の後ろをついてきてもらえますか」

言うが早いか松岡巡査は勢い良くペダルを漕ぎはじめた。

鵜飼はゆっくりと車をスタートさせながら、弾(はず)むような口調で助手席に語りかけた。

「どうだい、朱美さん。僕のここでの評判は鰻(うなぎ)のぼりじゃないか。どうやら、僕の活躍は『烏賊川市シリーズ』ではなく『盆蔵山シリーズ』として語り継がれるべきものらしいな」

「はあ⁉　シリーズって、なんのことよ」

上機嫌な探偵の隣で、朱美は呆れたような溜め息を吐くのだった。

3

白い自転車を追いかけるように、車を徐行させること数分。鵜飼たちの目の前に、一本の小道が現れた。車では入っていけない道幅だ。さっそく鵜飼は窓を開けて、巡査に聞く。

「ああ、もしもし、松岡巡査。このへんにコインパーキングはないかな？」

「ありません。ていうか、車はそのへんに停めて大丈夫ですから」

「本当に⁉　大丈夫⁉　盗まれたりしない⁉　駐車違反の取締りとか、ないだろうね⁉」

「ないですないです、ないですってば……疑(うたぐ)り深いですね、あなた！」

巡査の言葉に、鵜飼はようやく納得して車を降りた。朱美も彼に続く。

松岡巡査は自転車を道端に停め、歩いて小道に入った。獣道みたいな小道を、歩き続けること数分。やがて、彼らの前方に茶色い屏風を広げたような急斜面がその姿を現した。

「ここです」現場に到着した松岡巡査は、ピンポイントでその場所を示した。「この崖の下の小道に、若い男の死体が転がっていたんです。男の名は北沢庸介、二十七歳。烏賊川市役所の職員で……」

「あ、その情報は知ってるから」

鵜飼は巡査の厚意をバッサリ遮断する。「それより、死体発見時の状況を知りたいな。死体を見つけたのは誰？　どうやって発見したんだい？」

「ああ、第一発見者ですね。実はそれ、わたしなんです」

「え、君が⁉」鵜飼は意外そうに眉を寄せる。「偶然、自転車で通りかかった、とか？」

「いえ、違います。通報があったんですよ。岡部(おかべ)さんという、この近所で果樹園を営んでいる男性なんですがね。彼が駐在所に電話を掛けてきて、『崖のほうで、ぎゃああ、というような凄い悲鳴を聞いた』というんです。それで、わたしが駆けつけたところ――」

「なるほど。ここに男の死体が転がってたわけだ。それはどんな様子だった？」

「死体は仰向けで、ほぼ大の字でしたね。絶命していることは一目瞭然でした。額が割れて酷(ひど)い状態でしたから。そういや、ぱっくりと口を開けていましたっけ」

「ふーん、口を開けていた、ね」

鵜飼は死体の様子を真似するようにぱっくり口を開けながら、崖の斜面を見上げた。

「ところで、敢えて聞くけれど、北沢がこの崖から誤って転落して死んだ。すなわち事故である、という警察の判断は本当に正しいのかな？」

「というと——」

「例えば、自殺の可能性などは考えなくていいのかい？」

「それはないでしょう。念願の愛車を購入してドライブにきた男が、急に死にたくなるとは思えません。ちなみに彼の赤いボルボは、崖から少し離れた車道の脇に停めてありました」

「では、誰かが北沢を無理矢理、崖の上から突き落とした、というような可能性は？　いや、無理矢理じゃなくてもいい。誰かが北沢を崖の上に誘い、隙を見て彼の背中をそっと押してやる。そんなやり方でも、似たような転落死の状況は作れると思うんだが」

「そりゃまあ、そうですが……」

松岡巡査は困惑気味に首を捻った。「しかし、北沢はひとりでこの村を訪れたんですよ。あの日、彼の姿を目撃した村人が何人かいましたが、誰もが彼はひとりだったと、そう証言しています。その北沢が、なぜ夜になって、誰かと一緒に崖の上に立つんです？」

「そりゃまあ、そうだが……」

今度は鵜飼が首を捻る番だった。「ちなみに、北沢はこの村に知り合いなど、いなかったのかな？　いたら、教えてもらいたいんだが」

「それは、わたしにも判りかねますねえ」といって、若い巡査は首を左右に振った。

そうかい、と鵜飼は短く答えてから、ふいに頭上を指差した。

「ところで君、この崖の上は、どうなっているんだい？　誰か住んでたりするのかな」

「崖の上は小さな雑木林です。林の向こうには小川が流れていて、そのすぐ傍に果樹園と農家が一軒あります。それぐらいですかね」

「ははん、その農家というのが、駐在所に第一報を入れた岡部さんの家ってわけだな。なるほどなるほど……」

なにかが判りかけてきた、というように盛んに頷く鵜飼。だが、彼の大袈裟な仕草に騙されてはいけない。彼はなんら思いつかない場面でも、自信満々に頷ける男である。

と、そのとき朱美は、ふと背後に説明しがたい気配を感じて、思わず身震いした。

すぐさま振り返り、周辺の様子を窺う。だが、目の前には細い一本道が続くのみ。その道端には、ぼうぼうと生えた雑草や背の低い木々が生い茂るばかりである。人の姿はおろか、猪一匹見当たらない。――と思ったら、そんな茂みの中からいきなり現れたのは一頭の鹿！　それは彼女の前を悠々と横切り、また反対側の茂みへと黙って消えていった。

「………」いきなりの野生動物の登場に、朱美は内心驚愕する。猪鹿村って凄い！

「おい、朱美さん、どうした？　幽霊でも見たのかい？」

鵜飼の声で「はッ！」と我に返った朱美は、誤魔化すような笑みを浮かべて、「ううん、なんでもないわ。気のせい、気のせい……」と首を振る。

「そうか」鵜飼は頷くと、「じゃあ、ここはもういい。今度は崖の上にいってみたいな」

ご案内しますよ、といって松岡巡査は再び先頭を切って小道を歩きはじめる。鵜飼も黙って歩き出す。朱美は少しだけ後ろを気にしながら、男たちの背中を追った。


崖の高さは垂直距離ならせいぜい十五メートル。だが、そこに上がるためには、小道を崖沿いに進み、そこからさらに傾斜のきつい山道に分け入る必要があった。松岡巡査の案内のもと、鵜飼と朱美は汗だくになりながら、なんとか問題の崖の上にたどり着いた。

そこは巡査が語ったとおりの、小さな雑木林。狭いながらも鬱蒼（うっそう）とした木々に囲まれた、暗く湿った空間だ。正直、人が喜んで立ち入るような場所ではない。

朱美は素朴な疑問を口にした。「北沢は、なぜこんな場所に足を踏み入れたのかしら？」

「まったく奇妙だな。そう考えてみると、やはり彼の死は不審な点が多いようだ」

呟きながら、鵜飼は慎重な足取りで崖の端に立ち、下を覗き込む。その探偵の足元を指差しながら、松岡巡査が鋭く指摘した。

「そこです。ちょうどそのあたりに、北沢が足を滑らせた痕跡が残っていたんです」

「ふむ、では北沢はここで足を滑らせ、崖下に転落した。……だが、滑った痕跡は、捏造することも可能なはず……やはり誰かが……いや、しかし……」

崖の上に立っていることも忘れて、自らの思考に没頭する鵜飼。そんな彼の姿を見て、朱美はふと背筋に冷たいものを感じた。そういえば鵜飼という男は、高いところに立ったが最後、次の瞬間には必ず下へと落っこちる。そういうふうにプログラムされた男だ。

朱美は自ら崖の端に立ち、そっと下を覗き込む。駄目だ。いかに不死身の探偵とはいえ、この高さで落っこちたら洒落にならない。朱美は事が起こる前に警告を発することにした。

「あのー、鵜飼さん、考え込むのはいいけど、お願いだから、もう少し広いところでやってもらえないかしら。危なっかしくて見ていられないわ」

「ん!? ああ、そうか」咄嗟に足元を見やる鵜飼。彼の両足は、すでに崖の端すれすれのところを踏みしめていた。「——やあ、危ない危ない」

状況に反してのんきな声だ。鵜飼は軽々しいステップで崖の端から距離を取ると、

「ほッ、流平君がいなくてよかった。彼がいたら、いまごろきっと二人揃って崖の下だ」

確かに彼のいうとおりだと、朱美も心からそう思う。流平君がいなくてよかった!

「ところで、松岡巡査」

鵜飼は崖を背にしながら雑木林の向こうを指差した。「この林の向こうに岡部さんという人の果樹園と自宅があるんだね？」

「ええ、小さな川を渡った向こうです。ご案内しましょうか」

「それは助かるが——しかし、いいのかい？　君にも公務ってものがあるのでは？」

「なに、構いませんよ。のどかな村ですから、滅多に犯罪も起こりませんし」

そういうと、若い巡査はまた先頭を切って歩き出す。鵜飼と朱美は彼の後に続いた。

鬱蒼とした雑木林はすぐに終わり、三人は真夏の日差しが眩しい、開けた空間に出た。近くで水の流れる音が聞こえる。

音のする方角に歩いていくと、そこに小川が流れていた。

「烏賊川の支流のひとつ、大王川の源流です。名前とは裏腹に、見てのとおりの小さな川ですがね」

巡査の説明を聞きながら、朱美は川べりに歩み寄った。川幅は二メートルにも満たない。両岸は自然のままに緑の草や低木が生い茂っている。川面を覗き込むと、透明度の高い水を通して浅い川底がくっきり見える。川底には白い砂や小石に混じって緑の水草が揺れている。それを覗き込む朱美の目の前を、一匹のメダカが横切っていった。

「わあ、綺麗な川ねー。これが烏賊川の支流だなんて嘘みたーい。ね、鵜飼さん」

「え⁉　ああ……」鵜飼の返事はなぜか上の空だった。

どうしたの？」と朱美が顔を上げると、鵜飼は川の上流を指差しながら、「あのおじさん、なにやってるんだ？」と首を傾げた。

朱美はすぐさま彼の指差す方角に目をやった。

数十メートルほど川を遡った先に、ひとりの中年男性の姿があった。男性は作業服姿で上流の川岸に立っていた。こちらの様子には気がついていないようだ。そんな彼の手には一本の竹箒が握られている。だが、川岸を掃除しているわけではなかった。

彼は箒の先端を上に向け、頭上で振り回すような仕草を繰り返しているのだった。そんな彼の傍らには、高さの異なる二本の枯れ木が枝を伸ばしている。だから、朱美は最初、その男性が枝に引っ掛かった何かを箒の先で取ろうとしているのかと思った。だが、よくよく観察すると、どうやらそういうことでもないらしい。

なぜなら彼の箒の先端は、木の枝に向かって突き出されているのではない。それは二本の枯れ木のちょうど中間あたりの、要するに何もない空間に向けられているように見えた。

結果的に朱美の目に映るその光景は、『作業服姿の中年男性が小川の畔で竹箒を手にしながら無意味なダンスを踊っている』と、そんなふうにしか思えないのだった。

「本当だわ。なにやってるのかしら、あの人……」

「まあ、この炎天下で作業していれば、いろいろと見えないものが見えるのかもな……」

哀れむように呟く鵜飼。完全に男性のことを《暑さで頭をやられたおじさん》だと決め付けている。だが、そのとき松岡巡査がその男性を指差し、意外な言葉を発した。

「ああ、あれが岡部さんですよ。近所で果樹園を経営する岡部庄三さんです」

松岡巡査は岡部庄三と顔馴染みらしく、にこやかな笑みを浮かべながら、彼のもとに歩み寄った。おかげで鵜飼と朱美も、ごく自然な恰好で岡部に接近することができた。

間近に見る岡部庄三は、日焼けした肌と角ばった顎が印象的な、無骨な感じの男性だった。年齢は五十代だろうか。松岡巡査に向ける表情には温かみがある。だが、それとは裏腹に、鵜飼たちに向ける視線には、よそ者に対する警戒心のようなものが見て取れた。

「やあ、どうも岡部さん」

まずは松岡巡査が気安く話しかける。「すみませんが、ちょっとこの人たちの話を聞いてやってもらえませんか。わざわざ街からこられた有名な探偵さんなんですが」

すると岡部は睨むような鋭い視線を、目の前の鵜飼たちに向けた。

「探偵だと!?　探偵がこのワシに何の用だというのかね」

「実はですね」と、鵜飼がさっそく本題を切り出す。「例の崖から男が転落死した事件。

あの件について、調べているのですが……」

「あれは事故だ。もう済んだ話じゃないか」

「事件の夜、悲鳴をお聞きになったそうですね。崖のほうから、ぎゃああ、というような悲鳴を。それで、あなたが駐在所に連絡を入れ、松岡巡査が死体を発見した。つまり死体を発見したのは松岡巡査だが、実質的には、事件を察知した最初の人物はあなたということになる。そうですよね、岡部さん？」

「まあ、そうともいえるな」憮然とした顔で岡部は頷いた。「で、それがどうしたというのかね。市民の義務を果たしただけじゃないか」

「村民の義務、ですね、ハハハ」と、鵜飼は乾いた笑いを漏らす。

だが、岡部はニコリともせず、鵜飼の発言を一刀両断にした。「――面白くない！」

岡部庄三、どうやら冗談の通用するタイプではないらしい。鵜飼もそのことを悟ったらしく、いまさらのように表情を引き締めた。

「ところで岡部さん、あなた、その悲鳴をどこでお聞きになったのですか？」

「すぐそこにある自宅だよ。その庭先だ。たまたま、夏の夜風に当たりながら、煙草をふかしているところだった。そうしたら、崖のほうから悲鳴が聞こえたんだ」

「崖のほうから――ということはすなわち、雑木林のほうから、ということですね？」

鵜飼は右手を上げて、雑木林の方向を指差した。

「しかし岡部さん、あなたはなぜその悲鳴を崖から聞こえてきたと思ったのですか。なぜ雑木林ではなく、この小川からでもなく、崖のほうからだと？　例えば、誰かが雑木林の中で襲われて悲鳴をあげた——そういう可能性だって考えられるわけですよね。それなのになぜ、あなたはそれを崖の出来事だと思われたのでしょうか？」

「そ、それは……」

岡部の表情に浮かぶ狼狽（ろうばい）の色。だが、それは一瞬のことに過ぎなかった。

「ふむ、確かに雑木林も崖も、方角は同じだな。だが雑木林よりも、あの崖のほうが遥かに危険な場所だ。同じ方角から悲鳴を聞けば、まず真っ先に誰かが崖から落ちたんじゃないかと考える。それは当然のことじゃないかね？　事実、ワシのいったとおりだったわけだし、間違いではなかったんだろ」

「ええ、確かに、あなたの通報したとおり、事件は崖で起こっていました」

「ならば、何の問題もないじゃないか。変な言い掛かりは、やめてもらえないかね」

「言い掛かりだなんて……」

とんでもない、というように鵜飼は肩をすくめる。鵜飼の質問が途切れたところを狙って、朱美は二人の会話に割って入った。岡部に聞きたいことがあったのだ。

「あの、話は変わりますけど、岡部さん、いまここで何をなさっていたのですか？」

「何って、ワシが何かしているように見えたかね、お嬢さん？」

岡部はとぼけるような口調で平然と聞き返す。そういわれると朱美も言葉に窮する。

「え、ええ、たぶん、その、なんというか、竹箒を上に向けて、こう……空中を掃くような恰好を……なさっていたような……」

「ほほう、空中を掃くような恰好ね！」

岡部はようやく唇の端に小さな笑みを覗かせた。「面白いことをいうお嬢さんだな。だが何かの見間違いではないかね。ワシはそんなおかしな真似はせんよ」

「いえ、しかし見間違いではないと思うんですが……」

攻め手がないまま口ごもる朱美。それを見た岡部は、手にした竹箒を肩に担ぐと、

「悪いが、ワシは忙しい。果樹園の仕事があるんでね。このへんで失礼するよ」

そういって彼は一方的に会話を打ち切ると、くるりと踵を返す。そのまま岡部は一度も振り返ることなく、悠々とした足取りで、川下へと立ち去っていった。

遠ざかる岡部の背中を眺めながら、朱美は「ちぇ！」と悔しげに指を弾く。「残念、もう一押しだったのに」

「なかなか頑固そうなおじさんだな。何か知っているような感じはするんだが」

「うーん、普段はもっと愛想のいい人なんですがねえ」

松岡巡査は申し訳なさそうに頭の後ろを掻きながら、「ところで、次はどちらへ？　どこでも好きなところに、ご案内いたしますよ」

すると鵜飼は、せっかくの申し出を押し返すように、両手を前に突き出した。

「いや、もう結構だ、松岡巡査。これ以上、好意に甘えるのも申し訳ない。僕らは、しばらくここでぶらぶらしてから街に戻ろうと思う。君も、どうか仕事に戻るように」

すると松岡巡査は、「そうですか、判りました」と素直に頷いたかと思うと、突然いままでにない邪悪な笑みを浮かべ、探偵の耳元に顔を寄せた。「へへ、もし意外な真相が明らかになった際は、ぜひ駐在所に連絡してくださいね。いいですね、頼みますよ、へへ」

何度も念を押して、彼は探偵の肩をポンと叩いた。

「――では、わたしはこれで！」

啞然とする鵜飼と朱美に最敬礼してから、若い巡査は雑木林の道へと立ち去っていった。

「うーむ、松岡巡査、いい人そうに見えたが……」

「意外に計算高い男だったみたいね……」

巡査の背中を見送りながら、二人は思わず苦い顔を見合わせたのだった。

4

岡部庄三と松岡巡査が相次いで去った後。静まり返った小川の畔にて――

「で、これからどうするのよ？」

朱美はさっそく鵜飼に尋ねた。「まさか、本当にここでぶらぶらして時間を潰す気じゃないんでしょ。それとも、この川でドジョウでも捕まえるつもり？」

「まあ、確かにいろいろ棲んでいそうな川だけどね」

鵜飼は川岸にしゃがみこみ、川面に右手を浸しながら、「実は、もうひとり、ぜひとも話を聞きたい人物がいるんだ」と呟くような小声でいった。

だが、そういわれても、朱美には心当たりがなかった。いままで話に出てきた中で、北沢庸介の死に関わる人物といえば、松岡巡査と岡部庄三、あとは依頼人である北沢真弓ぐらいのものだ。それ以外に話を聞くべき人物などいただろうか。

「ねえ、話を聞きたい人物って誰よ。どこにいる人？」

「いや、実はそれが誰なのか、僕もよく知らないんだ」

そういいながら、鵜飼は右手で川底の茶色い物体を弄ぶ。タニシ程度の大きさの巻貝だ。ただし、タニシより細長い形状をしている。同じような巻貝は川底にいくつも転がっている。その中のひとつを彼は右手で握り締めた。

そして彼はすっくと立ち上がり、「誰かは知らないが——」といって左足を高々と蹴り上げると、次の瞬間、「どこにいるかは、判る！」

言うが早いか、彼は真後ろを振り返るような恰好で、「そこだあぁぁぁ——ッ」

叫び声とともに鵜飼は勢いよく右腕をブンと振り抜いた。往年の野茂英雄（のもひでお）を思わせる変則モーションから投げ込まれた一個の巻貝。それは一直線の軌道を描き、離れたところにある夏草の茂みにズバリと突き刺さった。

「——イテッ！」

「ん!?」雑草の茂みが叫んだ。いや、そんなわけないか。「そこ、誰かいるのね！」

朱美の声に呼応するように、ひとりの男が茂みから飛び出す。白いカッターシャツに黒いズボン。小柄な体格は、いかにも中学生だ。額を右手で押さえながら現れたその少年は、草むらにペッと唾を吐き、芝居がかった口調でいった。「——畜生、罠か！」

「なにが、罠だ！　この覗き屋めえ！」

不審な中学生の登場に、鵜飼が猛然と襲い掛かる。しかし——

「へん、捕まってたまるか」男子中学生は身軽な動きで相手の突進をかわすと、なぜかバク転！　さらにバク転！　大胆な動きで探偵との距離をちょっとだけ広げる。

だが、鵜飼も負けてはいない。「逃がすものか」と叫んだ彼は、いきなり側転！　もひとつ側転！　あっという間に中学生との距離を詰めると、最後の仕上げは前方空中回転！　究極の技を披露した鵜飼は、見事中学生を地面に押し倒し、その逃走意欲を奪い去った。

「…………」

この二人、無駄な動きが多すぎる！　あと、鵜飼さん、中学生相手に本気出しすぎ！　呆れながらも、朱美は倒れた少年と、彼に馬乗りになった探偵のもとへと駆け寄った。

鵜飼は相手の胸倉を摑みながら、余裕の態度で少年を問い詰める。

「ふふん、残念だったな、坊や。僕はとっくに気づいていたんだぞ。君が雑木林のところから、ずっと僕らの後をつけていたことにな」

えーっと、たぶん少年の尾行は雑木林じゃなくて、崖の下からずーっと続いていたような気がするんだけど、鵜飼さんがその気になってるみたいだから、あんまり本当のことはいわないほうがいいかしら。——そう考えて、朱美は真実を語ることを自重した。

「おい、坊や。なぜ僕らの後をつけまわす。目的はなんだ？」

「くそ、放せ！　おまえに話すことは何もない！」

顔を左右に振りながら抵抗する少年。すると鵜飼は、ふいに胸倉を摑む手を緩めた。

「え!?　話すことは何もないって……本当に何もないのか？」

「あ、当たり前だ、俺は単なる通りすがりの中学生なんだからな」

「おいおい、そうなのか。なんだ、こいつはアテが外れたな。僕はてっきり君こそが、今回の事件の鍵を握る人物だと思っていたんだが。そーか、そーか、君は何も知らないのか。いや、すまない。これは僕の見当違いだ。悪かった」

そういって鵜飼は少年から身体を離すと、「おい、朱美さん、通りすがりの坊やを相手にしても時間の無駄だ。僕らは街に戻って、あらためて対策を練るとしよう」

「そうね。そうしましょ」

朱美は鵜飼に調子を合わせるように頷き、少年にくるりと背中を向ける。

少年の存在を無視するように、肩を並べて歩き出す鵜飼と朱美。だが彼らが三歩進む間もなく、背後から二人を呼び止める声があがった。「待ちやがれ、おっさんたち！」

瞬間、鵜飼の足がピタリと止まる。そして彼は素早く振り返ると、ツカツカとその声の主に歩み寄り、再び彼の胸倉を摑んで、ぐっと上に持ち上げた。

「誰が、おっさんだ、誰が！　言葉に気をつけたまえ。こう見えても、僕は犯罪者と男子中学生には容赦しない男だよ」

「ごご、ごめんなさい、おじさ……いえ、お兄さん」

「そう、それでよろしい」鵜飼は少年の胸倉から手を離すと、自らの胸元を親指で示しながら、「なんなら、兄貴って呼んでくれたっていいんだぜ。君さえ、その気があるならば」

「いや、遠慮しとく。俺、ひとりっ子だから」

「そうか」鵜飼は悲しげに呟くと、「で、ほかに何かいいたいことは？　あるんだろ、誰かに話したくてたまらないような何かが」

鵜飼の問いに、少年は素直に「ああ、実は、あるんだ」と頷いた。

さすが鵜飼、探偵でありながら中学生並みの感性を持ち合わせる男である。彼の睨んだとおり、その男子中学生はひとつの秘密を胸に隠し持っていたのだ。

鵜飼の言葉に促されながら、少年は自らが目撃した異常な現象について語りはじめた。


「――エクトプラズムだってえ⁉」

小川の畔。木陰にしゃがみこみながら、鵜飼が唖然とした声を漏らす。驚いた山鳩が草むらから飛び立ち、小川を泳ぐフナが川面で跳ねた。大きな岩の上に座った朱美は、困惑し黙り込む。隣の地面に腰を下ろした少年は、しかし大真面目な顔つきだ。

そんな中学二年生男子、中本俊樹に向かって、鵜飼は真剣な顔で確認した。

「君は事件のあった夜、偶然あの崖の下を歩いていた。そこで男が崖から転落する瞬間に立ち会った。崖下まで転がり落ちた男を見て、君はびっくりして駆け寄ろうとした。だが、そのとき男の口から、黄色い輝きを帯びた溜め息のようなものが吐き出された。君はそれを見て、え、えく……えくと……ぷッ……えくとぷッ……ぷぷッ！」

「なに笑ってんのよ、鵜飼さん！」

朱美が少年に成り代わって抗議する。「中本君は真面目に話してるんだから、真面目に聞いてやらなきゃ駄目でしょ。大人がそういう態度だと、子供はグレるわよ」

「わ、悪かった。謝る。しかしまさかエクト、プ、エクトプッ、ププッ！」

「いつまで笑ってんだよ！　本当にグレてやるからな！」少年は痺れを切らしたように叫び声をあげた。「だいたい、エクトプラズムの、なにがそんなにおかしいんだよ」

少年の真剣な問いに、笑いを堪えながら鵜飼が答える。

「どうやら君は、エクトプラズムのことを、死んだ人間の口から飛び出す怪しい物体のことだと勘違いしているようだな。だが、それは違う。エクトプラズムとは、霊媒師つまり死者の霊を現世に呼び戻す霊能力者が、その術式の最中に口から吐き出す、灰色をした絹状の物体だ。死者が吐き出すものではないし、空気中を漂うものでもない。したがって、君が見たものはエクトプラズムではない。まったく別の物体だと断言できる」

「………？」

ならば、少年の見たものが灰色で絹状だったなら、それはエクトプラズムであると、探偵はそう認めるのだろうか？　その点、朱美は若干の不安を覚えずにはいられなかったが、ともかくも、北沢が吐き出した物体がエクトプラズムではない、という結論については彼女も同意見なので、特に口出しはしなかった。

朱美の隣では、中本少年が自分の浅薄な知識を恥じるように、声を震わせた。

「そ、そうだったのか……おじさ……いや、お兄さん、詳しいんだな」

中本少年は目の前に座る冴えない三十男に対する認識を改めたようだ。「それじゃあ、教えてくれよ、賢いお兄さん！　あの夜に俺が目撃した、あの奇妙な光景はいったいなんだったんだ？　あの男は、口からなにを吐き出したんだよ？」

「教えてやってもいいが、誰にもいわないと約束できるかい？」

鵜飼が中本少年の眸を覗き込みながらいう。少年は魅入られたように黙って頷いた。いまや少年はすっかり、鵜飼のことを自分よりちょっとだけ優れた賢者であると認めたようだ。そのうち、本当に「兄貴！」と呼びかねない雰囲気である。

そんな少年に向かって、鵜飼は重々しい口調でいった。

「北沢庸介が死に際に口から吐き出した謎の物体。それはズバリ――『魂』だ」

「タマシイ……」鸚鵡返しに呟いた少年は、ポンと手を打ち、「な、なるほど！」

朱美は腰を下ろした岩の上から、ずるりと滑り落ちそうになる。鵜飼も鵜飼だが、この少年も少年だ。二人とも、科学の目が充分に養われていないのではないか？

しかし鵜飼はなおも真面目な口調で、自説を続ける。

「そう、魂だ。俗に《魂が抜けたような》という言い方をするだろ。君が見たのは、まさしくそれだ。北沢庸介の肉体が滅びようとする瞬間、その魂が彼の肉体を離れ、気体状の輝く光となって口から飛び出したのさ。いやはや、君は珍しい光景を見たものだねえ。なかなか見ようと思って見られるもんじゃ……」

「やめなさーい！」

もうこれ以上、黙って聞いていられない。朱美は鵜飼の非現実的な解釈を中途で遮り、猛然と異議を唱えた。「鵜飼さん！　子供相手に、いい加減なこというもんじゃないわ」

「いい加減⁉　ほう、それじゃあ、君は人間の魂の存在を否定するのか」

「べ、べつに人間の魂は否定しないわよ。だけど、それが光ったり、口から飛び出したりするなんて、絶対あり得ない。もっと現実的に解釈するべきだわ」

「へえ、それじゃあ、聞かせてもらおうじゃないか、君の信じる現実的な解釈を」

「う……」

そういわれると朱美も言葉に詰まる。死者が黄色く輝く溜め息を漏らした、などという異常な現象に、現実的な解釈など付けようがないではないか。

仕方なく、朱美は最もありふれた可能性を口にした。

「た、たぶんそれは、見間違いだったのよ。目の前で起こった大惨事に、中本君はショックを受けた。だから彼の目には、ありもしない現象が、あたかも起こったように見えただけ。実際には、死んだ北沢の口からは黄色い溜め息なんか出ていなかった。もちろんエクトプラズムも死者の魂も同じことよ」

一気に語り終えた朱美は、そのとき初めて中本少年の冷たい視線に気が付いた。

「…………」少年は大人たちへの不信感を募らせたような顔で呟いた。「ちッ、やっぱり誰にも話すんじゃなかったぜ。そうかい、判ったよ」

中本少年はもうこれ以上話すことはない、とばかりにすっくと立ち上がった。それから、ゆっくりズボンの埃を払うと、スタスタと朱美たちから距離を取る。そして、少年はやおらこちらを振り向くと、両手をメガホンのように口許に当てて、大声で叫んだ。

「バーカ、見間違いじゃねーや。子供だと思って、嘗めんじゃねー。俺は、この目でハッキリ見たんだからなぁ――ッ」

すると、そんな少年の心の叫びに、鵜飼も大声で応える。

「そうだ、見間違いじゃない！　君は確かに見た！　人間のタマシ……」

「魂が見えるかぁ――ッ、その点は、そのお姉ちゃんのいうことが正しいぃ――ッ」

「な！」鵜飼は愕然としたようにパックリ口を開ける。「なんだと、このガキ……」

「さっさと街に帰りやがれ、このインチキ探偵めえ！」

言うが早いか、中本少年は脱兎のごとく雑木林の方角へと駆け出していった。

少年の背中が林に消え去るのを見送りながら、朱美は深々と溜め息を漏らした。

「ああ、なんだか傷つけちゃったみたい。あんなこと、いわなきゃよかった」

「ふん、ほっときゃいいさ。ああいう自意識過剰なガキは、甘やかすとロクなことがないからな」

「へえ、鵜飼さん、中学生に厳しいのね。昔の自分を見るみたいだから？」

「関係ない」

「じゃあ、いまの自分を見るみたいだから？」

「んなわけあるか！」鵜飼は憮然として腕を組んだ。「とにかく嫌いだね。だから、彼には真相を教えてやらない。自分が見た不思議な光景の意味を、彼は一生考え続ける運命ってわけだ。まあ、簡単に答えを教えてもらうより、そっちのほうが将来のためにはなる」

「――え!?」

鵜飼の言葉に朱美は思わず目を丸くする。「てことは、鵜飼さん、あの子の見た不思議な光景の意味が判るっていうの？　じゃあ、彼の話は夢でも見間違いでもないのね？」

「もちろんだよ。あの少年はオカルトへの興味が邪魔をして、目の前の現実が見えていなかっただけさ。実際は、それほど奇妙な現象ではない。エクトプラズムなんて、この事件とは全然関係ないんだよ。もちろん、死者の魂もね」

　そういって鵜飼は人を喰ったような笑みを漏らした。

　朱美は呆気に取られながら、彼の姿を見詰める。考えてみれば、もともと鵜飼はオカルトにもスピリチュアルな世界にも、まるで興味を持たない男である。それが急に死者の魂などと言い出すから、おかしいとは思ったのだ。どうやらあれはオカルト趣味の中学生を煙に巻くための発言だったらしい。彼はすでに事の真相に気付いているのだ。

「だったら、さっそく説明してよ」

　朱美がいうと、探偵は焦らすようにこういった。

「夜になったらね」

5

　それから数時間後。夏の太陽も西に沈み、盆蔵山に夜の空気が漂い出すころ——

すでに夕食を終えた朱美と鵜飼は、再び小川の畔にきていた。昼間、朱美たちが岡部庄三と出会い、中本少年から怪談まがいの話を聞かされたのと、ほぼ同じ場所である。鵜飼は大きな切り株に腰を下ろして背中を丸めている。朱美は楓の木の根元にしゃがみこみ、太い幹に背中を預けている。そんな二人の姿を、周囲に生い茂る背の高い夏草が、綺麗に覆い隠してくれていた。二人の視線は、常に油断なく小川のほうへと注がれている。

だが、ここで張り込みを開始して、すでに三十分。その間の特筆すべき出来事といえば、川面で魚が「ぽちゃん！」と跳ねたことが一度、川岸でカラスが「かあ！」と鳴いたことが一度、探偵が「へーっくしょい！」とくしゃみをしたことが一度、それだけだ。

結果、朱美のあくびの回数だけが、時間の経過とともに増えていくのだった。

それにしても――

朱美は今宵何度目かのあくびを嚙み殺しながら、傍らに座る鵜飼の様子を横目で窺った。

この探偵は何の目的で、この張り込みをおこなっているのだろうか。その点を直接尋ねても、鵜飼はのらりくらりと答えをはぐらかすばかり。全然、真面目に答えてはくれない。ならば、とばかりに朱美は自分の頭をフル回転させてみる。

この暮れかかった小川の畔に、誰かがやってくるとでもいうのだろうか？

その人物は何をしに、この辺鄙（へんぴ）な場所に現れるというのか？

その人物は北沢庸介の死と関係のある人物なのだろうか？

そもそも、北沢の死は事故なのか、自殺なのか、それとも殺人なのか？

いくつもの疑問が朱美の脳裏に浮かんでは消えるのだが、考えはいっこうに纏（まと）まらない。

あれこれ考えるうちに、朱美は自分が何について考えているのか、それ自体が判らなくなってきた。纏まりのない思考は、やがて堂々巡りに陥り、徐々に朱美の瞼を重くする。

いつしか朱美は深い眠りの淵へと、ひとり落ちていくのだった。

そして——

永遠のような一瞬のような、そんな時間が過ぎ去ったころ。

ふいに身体が宙に浮いたような感覚を味わった朱美は、次の瞬間、「——ゴツン！」後頭部への鈍い衝撃とともに、「はッ！」と目を見開いた。眠りの淵から生還した彼女の眸に映るのは、夜空にぽっかり浮かぶ月だ。どうやら自分は居眠りしていたらしい。楓の幹に背中を預けていたはずが、いまは地面にバッタリ倒れて仰向けの姿勢だ。

やれやれ、これでは美人の探偵助手が台無しである。

「いたたた……」地面に打った後頭部を押さえながら、朱美はゆっくり身体を起こす。

気がつくと、あたりには完全に夜の帳（とばり）が降りている。先ほどまでほんの僅か残っていた夕暮れ時のほのかな明るさも、いまやどこにも見当たらない。

盆蔵山は、どこもかしこも闇の中だ。いや、待てよ、そうでもないのかしら……

ふいに闇の中に微かな何かを察知して、朱美は首を傾げる。おかしい。なんだろうか、この奇妙な感覚は？　朱美は戸惑いながら隣の探偵に呼びかけた。「ねえ、鵜飼さん……」

だが、彼からの返事はなかった。

先ほどまで切り株の上に座っていた鵜飼は、いつの間にか立ち上がっていた。草むらの上から完全に顔を突き出した状態で、微動だにせず前方を見詰めている。もはや秘密の張り込みでもなんでもない。ならば、と朱美も堂々と立ち上がり、鵜飼と並んで前を向いた。

するとそのとき、朱美の目に飛び込んできた光景――

そのあまりの美しさに、彼女は「あッ」とひと声叫んだまま、しばし言葉を失った。

彼女の目の前、小川のせせらぎに沿うようにして、数え切れないほどの光があった。

いずれも黄色、いや、正確には黄緑色というべき光の粒だ。その光の粒子は、小川の畔の草むらで、木々の枝や葉の上で、あるいは岩の表面で、無数の輝きを放っている。まるで小川の畔に、今宵誰かがうっかり黄緑色の宝石をばら撒いたかのようだ。

朱美はようやくの思いで隣の探偵に聞いた。「こ、これって、ひょっとして……？」

鵜飼は彼女の不完全な問いに対して、ひと言で完璧に答えた。

「蛍だ」

確かにそれは蛍だった。ほのかな明かりを放つ蛍がクリスマス・イルミネーションのように川岸を飾っている。幻想的なその光の乱舞を、朱美はしばしの間うっとりと眺めた。だが、そうするうちに彼女の胸には、またいくつかの疑問が湧き上がってくるのだった。

「えーっと、鵜飼さん、今夜の張り込みって、ひょっとしてこのため!?」

飛び回る蛍に気を使うように朱美の声は小声になる。鵜飼も同様に小声で返した。

「もちろん、そうだとも。——どうだい、綺麗だろ?」

「綺麗は綺麗だけど」朱美は拍子抜けしたような声でいう。「じゃあ、ここに凶悪な殺人鬼が現れて、どうこうっていう展開にはならないってわけね?」

「当たり前だろ。凶悪な殺人鬼なんてくるもんか。——なんで、そう思ったの?」

真顔で尋ねられた朱美は、闇の中で赤くなる。

「だ、だって、そう思うじゃない。そもそも、あたしたちがこの村を訪れた目的は、北沢庸介の死の真相を確かめるためだったはず。それがなんで『蛍観賞の夕べ』みたいになっちゃうわけ? おかしいじゃないよ」

「ふーん、じゃあ、朱美さんは、この蛍と北沢の死は関係がないと考えるわけだ」

「はあ⁉ そんなの当然でしょ。なんで小さな昆虫と人間の転落死が関係するのよ？」

「いや、その二つは大いに関係があるね」

鵜飼は力強く断言し、朱美に尋ねた。「君はあの中本少年の証言を、どう考える？ 死んだ北沢庸介の口から吐き出された、輝きを帯びた溜め息みたいなものって、いったいなんだ？ まさか彼がいうような心霊現象だとは、君だって思っちゃいないだろ」

「それはもちろん、そうだけど……え、じゃあ、まさか！」

事ここに至って、朱美はようやく鵜飼のいわんとするところを理解した。

少年の目撃した奇跡。それはあまりに異常な現象なので、合理的な解釈は不可能だと思われた。だが、いまこの瞬間、目の前に広がる光景が、その答えなのではないか。

そのことに気が付いた朱美は、半信半疑で口を開く。

「ひょっとして……死者の漏らした溜め息の正体って……蛍？」

「そう、蛍だ」鵜飼はアッサリ頷いた。「もちろん蛍といっても、一匹じゃない。何十匹かの蛍が、死んだ北沢の開いた口から、いっせいに飛び出したんだ。お尻をピカピカ光らせながらね。その様子は、あたかも死人が黄色く光る溜め息を漏らしているかのように見えたことだろう。もっとも、唯一その場面を目撃した中本少年は、オカルト趣味の中学生だったために、それをより面白く『エクトプラズムだあ！』と解釈したけどね」

「な、なるほど――と、いいたいところだけど」朱美は信じられないというように、首を左右に振った。「なんで死人の口の中に蛍がいるのか、不思議……ていうか、気色悪ッ！」

眺める分には美しく愛らしい蛍も、口に詰め込むとなれば、話は別だ。朱美は思わず身震いした。その様子を横目で見ながら、鵜飼もニヤリと口許を緩める。

「まあ、確かにあまり気持ちいいものではないな。でも考えてごらん。生きている北沢庸介の口を、誰かが無理矢理こじ開けて、そこに蛍を押し込むような光景を。そんなこと可能だと思うかい？ 仮に可能だったとして、そんな行為になんの意味がある？」

「そ、そうね。たぶんそんなことは不可能だし、全然無意味だと思う」

「だろ。ということは、こう考えるしかない。北沢は誰かに強制されたのではなく、自分の意思で、たくさんの蛍を口の中に入れたんだ。ならば、そこから導き出される結論はひとつだけ。すなわち――」

鵜飼は朱美の前で指を一本立てると、強い口調でこう断言した。

「北沢庸介は蛍泥棒だったわけだ！」

「え!?」朱美は彼の意外な言葉に、しばし絶句する。「……蛍、泥棒!?」

「そうだよ。信じられないかい。だが似たような話を、僕は聞いたことがある。昔、とある村に蛍捕りの名人と呼ばれる人がいたらしい。その名人は虫捕り網なんか使わなかった。

なんと、その人は小川の畔で蛍を見つけると、指で捕まえてはそれを自分の口に放り込み、パクリパクリとくわえ込んでいったそうだ。彼はそのやり方で、瞬く間に何十匹もの蛍を捕まえることが出来たということだ」

「やめてよ、もう！　気色悪いって、いってんでしょ！」

「そんなことといっても、事実なんだから仕方がないだろ。それに、このやり方は衛生的じゃないけど、確かに合理的ではある。小さな虫を捕まえたとき、一時的にそれを保管できそうな場所といえば、人間の身体ではやはり口なんだよ。つまり名人にとっては、自分の口が虫かご代わりってわけだ」

「じゃあ、北沢庸介も名人と同じような真似を？」

「まあ、そういうことだ。おそらく北沢はドライブの最中に、この小川の畔に立ち寄ったんだと思う。時刻は夕暮れ時だったろう。そこで彼は偶然、この蛍の乱舞を目の当たりにした。彼は最初その光景に感激したことだろう。だが、やがて彼の脳裏に邪悪な考えが芽生えはじめる。――『ここにいる蛍を捕まえて、都会の連中に高値で売れば、いい小遣い稼ぎになるじゃねーか。いまならネットで売るっていう手もあるんだしよ、ヘッヘッヘッ！』とかなんとか、あくどい発想がね」

「なるほど、いかがわしい街の人間が考えそうなことだわ」

「ああ。もっとも、蛍を捕まえて商売することは、現実にはまず不可能なんだけどね」

「なんで？　動物愛護法とかに違反するから？　あるいはワシントン条約とか」

「いや、法律以前の問題だよ。そもそも蛍っていう虫は、成虫として一週間ほど地上で暮らした後は、すぐに死んでしまう。クワガタやカブトムシみたいに、長く飼育できる生物じゃないんだよ。どっちかっていうと、その生態はセミに近いな」

「ふーん。セミじゃ売り買いできないわね。だけど街で暮らす北沢は、そういった知識さえないまま、いい商売になると考えたのね」

「まあ、北沢が自分で数日間楽しむために蛍を捕まえようとした、そういう可能性も否定はできないがね。いずれにしても、蛍の群れを発見した北沢が急遽、蛍泥棒に変貌したことは事実だろう。だが、あまりに急な出来事だったために、彼の手許には虫捕り網もなければ虫かごもない。車に戻れば、なにかそれに代わるものがあるかもしれないが、そこまで戻る時間も惜しい。そのとき、北沢の頭に蛍捕り名人の逸話が浮かんだ――とは、さすがに思わないが、結果的に彼は名人と同じ手法を選んだんだな」

「つまり、自分の口を虫かご代わりに……おえー」

本来なら感動を呼ぶはずの幻想的な光景も、探偵の語る意外な現実の前に色褪せる。

朱美は川岸で乱舞する蛍の群れを眺めながら、思わず自分の口許を押さえた。口を開けば、無数の蛍が口の中に飛び込んできそうな、そんな気がしたからだ。

朱美は蛍の群れから目を逸らすように、再び鵜飼のほうを向いた。

「それで、口の中に蛍を詰め込んだ北沢は、なぜ死んだの？」

「あくまでも想像だが、北沢は蛍を捕まえている場面を、誰かに見つかったんだと思う」

「でも見つかったところで、蛍泥棒でしょ？　それで殺されたりしないはずだわ」

「いやいや、たかが蛍泥棒と、侮ってはいけない。なにしろ北沢は烏賊川市役所の職員だからね。烏賊川市の役人が猪鹿村で蛍泥棒だなんて、とんでもないことだ。そんなことが公になったら、二つの自治体の間で戦争になっちまう」

「いや、戦争にはならないと思うけど、確かに大問題になるでしょうね。北沢は市役所にいられなくなるわ。――そっか、それで恐くなった北沢は、蛍をくわえたまま小川の畔から逃げたのね。雑木林のほうに向かって」

「そうだ。一方、北沢を発見した人物も、蛍泥棒許すまじ、と北沢を追いかけた。やがて北沢は例の崖の上に追い詰められた。そしてついに彼は崖から突き落とされて――」

とそのとき、鵜飼の話を遮るように、闇の中から野太い男の声が響いた。

「それは違う！　ワシはあの男に指一本触れてはおらん！」

驚きのあまり、朱美はびくりと背筋を伸ばす。一方、鵜飼は最初からその男の存在に気付いていたかのように、悠然と後ろを振り返り、暗闇に向かってその名前を呼んだ。

「すみませんが、顔を見せてもらえませんか、岡部さん」

暗闇からぬっと姿を現したのは、やはり岡部庄三、その人だった。

昼間と同じ作業服姿の岡部は、鵜飼たちのもとへと大股で歩み寄った。その全身からは険しい雰囲気がオーラのように漂っている。そんな岡部に、鵜飼は普段どおりの緊張感に欠ける口調で語りかけた。

「やあ、岡部さん、あなたずっとそこで僕らの話を聞いていましたよね。ひょっとして僕らのことを、蛍泥棒だと？　なーに、大丈夫ですよ。僕らは彼とは違いますから」

「彼——北沢とかいう男のことだな」

岡部のぶっきらぼうな声が答えた。「確かにあの男は蛍泥棒だった。ワシは偶然その現場を見つけて、彼を問い詰めた。だがア奴め、口を開けば蛍泥棒がバレる、と思ったんだろうな。口を閉じたまま、なにもいわずいきなり逃げ出しおった。ワシは彼を追いかけた。彼は雑木林へと逃げ込んでいった。そこまでは、君のいったとおりだ。しかし——」

岡部は暗い中でもハッキリ判るように、大きく首を振った。

「ワシが殺したのではない。彼は自分で勝手に危険な崖に近づき、そして自分で足を滑らせ、崖下に転落して死んだのだ。いわば彼の自業自得だ」

「なるほど、いちおう筋は通っていますね。でも、それが事実ならば、なぜあなたはあんな回りくどい真似をしたんですか？」

「回りくどい真似⁉」

「警察への通報ですよ。あなたは『崖のほうで、ぎゃああ、というような凄い悲鳴を聞いた』といって、駐在所に通報しましたよね。なぜ、正直に本当のことをいわなかったのですか。『いま自分の目の前で蛍泥棒が崖から落ちた』と」

「そ、それは……」岡部は呻くようにいった。「それは正直、恐かったからだ。なにしろ崖の上で起こった出来事だからな。現場にいたのは、ワシと彼の二人だけだ。仮に本当のことを話したとして、警察に信じてもらえるかどうか。いや、警察はおそらくワシを疑うだろう。そうなった場合、ワシには自分の無実を証明する手段がない」

「しかし警察にも、あなたの有罪を証明する手段はないと思いますが」

「それはそうだ。だが、そういう問題じゃないんだよ。この小さな村では、警察から疑いの目を向けられること自体が問題なんだ。間違いなく悪い評判が立つだろう。そしてその評判は、あっという間に村全体に広がる。村人から一度そういう目で見られたら、それを払いのけるには、長い時間と忍耐が必要になる。だからワシは、できることならこの事件の関わりあいになりたくないと、そう思ったんだ」

「ならば逆に、なぜ通報したのです。関わりあいになりたくないなら、そもそも通報しなければよかったのでは？」

「それは、そうなんだが、崖の上からでは彼が死んだのか、それともまだ息があるのか、確認の仕様がない。死んでしまったのなら、それまでのことだが、万が一にもまだ助かる見込みがあるのなら、放っておくわけにもいかんじゃないか」

「なるほど。あなたなりの葛藤があったんですね。その結果、あなたはその確認作業を松岡巡査に委ねることにした。あなたは崖の下で少年が発した『ぎゃあああ……』という悲鳴を口実にして、松岡巡査に通報した。そういうことだったんですね」

「そうだ。卑怯なやり方だったことは認めよう。だが、何度もいうようだが、彼の自業自得なんだよ。ワシは手を出していない。とはいえ、彼が死んでしまったいまとなっては、これはもうワシのいうことを信じてもらうより、ほかはないわけだが……」

頼むから信じてくれ——そう訴えかけるような岡部の視線を、朱美は痛いほど感じた。

だが朱美は、この男性の話をどう解釈すればいいものか、判断がつかなかった。率直に真実を語っているような気もするのだが、今日出会ったばかりの人間に、そこまで信頼を寄せるほど、朱美も単純ではない。世の中には根っからの嘘つきもいるものだ。

だが、そんなふうに警戒する彼女とは対照的に――

「判りました、岡部さん。信じますよ、あなたの話」

鵜飼は軽率とも思えるほどに、アッサリと頷いた。「どうやら、北沢庸介の死は不幸な事故に過ぎなかったようです。依頼人には僕のほうから、そう報告しておきますよ。それとあと、松岡巡査にもね」

「ほ、本当か、君。ワシを信じてくれるのか」

当の岡部庄三本人にとっても、鵜飼の反応は予想外だったらしい。岡部は一瞬、感極まったように沈黙し、それから「ありがとう」と深く頭を下げた。

そして鵜飼は呆気に取られる朱美に向かい、サバサバした口調でいった。

「それじゃ、蛍も見たし、仕事も済んだし、僕らは街に戻るとするか――」

6

小川の畔からルノーを停めた路上まで、岡部が暗い夜道を案内してくれた。おかげで二人は迷うことなく車の場所までたどり着くことができた。

岡部に別れの挨拶を告げて、朱美は助手席に乗り込む。同じように鵜飼も運転席に収まりかける。だが、そのとき突然、「あ、そうだ、岡部さん！」

急に大事な用事を思い出したように、鵜飼は車を出て、岡部のもとに歩み寄る。車の傍らで二言三言、短い会話を交わす二人。やがて岡部が頷くと、鵜飼は納得した表情を浮かべ、あらためて運転席へと収まった。「——それじゃ、お願いしましたよ！」

鵜飼は運転席の窓から岡部に片手を挙げると、そのまま車をスタートさせる。

青いルノーは快調に滑り出し、手を振る岡部の姿を、瞬く間に後方へと置き去りにした。

やがて岡部の姿が完全に見えなくなったころ、鵜飼のほうから朱美に声を掛けてきた。

「さてと、いろいろ聞きたいことがあるんじゃないのかい、朱美さん？」

「当たり前でしょ。でも、待って。なにから質問すればいいのか、考えるから……」

しばし頭を整理してから、朱美は最初の質問を投げた。

「そもそも鵜飼さんは、なぜあの小川の畔が蛍の楽園のようになっていることに気づいたの？　誰かに聞いたの？」

「誰にも聞いちゃいないさ。ただ、あの小川には、いくつかの条件が揃っていた。人里離れた小川で水が綺麗。岸辺には草木が生い茂っている。カワニナもたくさんいたしね」

「カワニナ⁉」

「川底にたくさん転がっていただろ。タニシぐらいの大きさの細長い巻貝が。あれがカワニナだ。ゲンジボタルのエサなんだよ。ゲンジボタルの幼虫は水中でカワニナを食べて育つ。ゲンジボタルの繁殖にはカワニナの存在が欠かせないんだ」

「ん⁉　その大事なカワニナを、鵜飼さん、少年目掛けてぶん投げていたはず……」

「人聞きの悪いことをいわないでくれないか。僕が投げたのはカワニナの貝殻だ。中身はすでに食べられた後だった」

べつに命を粗末にしたわけじゃないぜ、と彼は胸を張る。さすが環境に優しい名探偵だ。

「判ったわ。要するに、あの小川には蛍が繁殖する環境が整っていたってことね」

「そう。そこに例の少年の怪談じみた証言だ。この二つを結びつけて考えれば、当然、あの小川で相当数の蛍が繁殖し、それを北沢がたくさん口に入れたまま死んだ――と、そういう結論にならざるを得ないだろ」

それが当然の結論か否かは判らないが、ともかく彼の推理は的中していたわけだ。

「じゃあ次の質問。岡部さんが竹箒を手に踊っていたダンスの意味は、なんだったの？」

「実は、あれも蛍と関係がある。蛍の天敵は蜘蛛なんだよ。だから蛍を繁殖させようと思えば、蜘蛛の数を減らせばいい。けれど、そのために殺虫剤を撒くことはできない。蜘蛛と一緒に蛍も死んでしまうからね。では、蜘蛛を殺さずに蛍を守るには、どうすればいいか。地道なやり方が、ひとつある。蜘蛛それ自体を殺すのではなく、蜘蛛の巣を壊すんだ。

蜘蛛の巣を見つけては壊し、見つけては壊し、することだ。それが蛍を守ることに繋がる。僕らが見たのは、まさにその光景だったってわけさ」

「そっか。あの二本の枯れ木の間に蜘蛛が巣を張っていたのね。岡部さんはそれを竹箒の先で払っていただけだった」

「そうだ。でも、遠くから眺める僕らには、蜘蛛の巣は見えない。結果として、僕らの目には、彼が何もない空中を掃いているように見えたってわけだ」

「岡部さんは、そうやって蛍を守っていたのね。ということは、あの小川で蛍が大量に繁殖しているのは、彼の功績ってこと?」

「おそらく、そうだ。あの人があの場所に、蛍の楽園を造り上げたんだよ。蜘蛛の巣を払うだけでなく、カワニナを育てたり、幼虫を移植したりしたのかもしれないな。だが、その楽園に突然、北沢庸介という闖入者（ちんにゅうしゃ）が現れた。それを偶然見つけた岡部さんは、怒り心頭に発し、彼を追いかけていった。それが今回の悲劇に繋がったわけだ」

確かに鵜飼のいうとおりだろう、と朱美は思った。だが仮にそうだとすると、朱美はあらためて岡部庄三に対する疑念を抱かずにはいられない。

「ねえ、岡部さんは本当に北沢庸介に指一本触れなかったのかしら。ひょっとして彼は蛍に愛情を持ちすぎるあまり、蛍泥棒に対して行き過ぎた仕打ちをしたんじゃ……」

するとは鵜飼は朱美の言葉を皆まで聞かず、運転席で首を振った。

「正直それは僕にも判らない。ただ、ひとつだけいえることは、あの人がいなくなったら、あの蛍の楽園は維持できないってことだ。それは、なんというか、ちょっともったいないじゃないか。そう思うだろ？」

「ええ、確かに、それはそうね」

朱美はゆっくり頷き、そしてようやく先ほどの鵜飼の振る舞いを理解できた気がした。彼が今日初めて会った岡部の話を信用し、すべてを自分の胸に収めた理由。彼はあの蛍たちのこれからを、岡部に託したのだ。託された岡部は、これからもあの小川の畔で蛍を守り、蜘蛛の巣を払い続けるのだろう。

そうだ、託すといえば――

朱美は、最後にもうひとつだけ鵜飼に聞くべき事柄があったのを思い出した。

「ねえ、鵜飼さん、さっき岡部さんとの別れ際に、あの人になにかお願いしてたわよね。いったいなにを頼んだの？」

「ああ、あれか」

運転席で鵜飼がニヤリとする。「なーに、大したことじゃない。僕は彼にこういったのさ。『中本俊樹っていう少年に、あの蛍の様子を見せてやってくれ』ってね。あの光景を見れば、オカルト趣味の中学生の頭にも何かピンとくるものがあるはずだろ。彼は実際に死者の口から飛び出した光を見ているんだし。後はもう彼の想像力次第だな」

「そっか。じゃあ、もう『エクトプラズムだあ』って、いわなくなるわね、きっと！」

朱美は思わず笑い声をあげながら、助手席で手を叩く。

「いや、それはどうかな。なんせ彼は中学二年の真っ只中だしなあ」

そういって、鵜飼は唇の端に皮肉な笑みを浮かべるのだった。

いつしか二人を乗せた車は、林の道を通り過ぎ、見晴らしの良い峠の道に出ていた。車の進行方向、フロントガラスいっぱいに広がるのは、烏賊川市の夜景だ。寂れた地方都市の、まばらに輝く街の灯も、こうして眺めるとなかなか綺麗なものである。その光景に思わずうっとりと見とれる朱美に、運転席から鵜飼の声。

「見ろよ、朱美さん、僕らの街だ——あ、でも念のためいっとくけど」

鵜飼は横目で朱美を見やりながら、忠告するようにいった。

「あーいう事件があったからって、『街の明かりが、まるで蛍のよう』とか、そんなベタなことは絶対いわないよーに！」

朱美はシートからずり落ちそうになりながら、思わず大声で叫んだ。

「誰がいうもんですか、バーカ！」

二〇四号室は燃えているか？

1

それは阪神金本が現役を引退して数日が経過した、十月のある雨の日曜日——

ひとりの女性がびしょ濡れの傘を手にしながら、探偵事務所の扉を叩いた。見知らぬ土地で道を尋ねようとするかのように、その女性は薄汚い室内をオドオドと見回した。

「あの、こちら『鵜飼杜夫探偵事務所』で間違いございませんか」

「…………」そのとき偶然にも事務所のソファで暇を潰していた二宮朱美は、一瞬キョトン。だがすぐに状況を理解すると、朱美は右手の女性誌を放り捨て、「いらっしゃいませ！」

そして左手の煎餅を背中に隠して立ち上がった。「た、探偵事務所に御用の方ですね？」

「はい。折り入って、ご相談したいことがございまして、こちらへ伺いました」

深々と一礼するその女性はモデルのように背が高く、堂々たる身体つき。細いウエストラインを強調するようなグレーのスーツ姿がサマになっている。背中に掛かる長い髪の毛は、綺麗な黒髪。全体に落ち着いた大人の女性の雰囲気だが、肌の質感から見て実年齢はまだ若く、たぶん三十前後だろうと、朱美は判断した。女性の年齢を読むのは、彼女の密かな得意技である。

そんな朱美は三十路にはまだまだ間がある独身女性。しかもその若さにして、この探偵事務所が入っている雑居ビルを丸ごと所有している。つまりは立派なビル経営者だ。ということは本来ならば、探偵事務所から月々の家賃さえ貰っていれば、他にすることもない優雅な身分——のはずなのだが、月々どころか半年単位で家賃を滞らせる貧乏探偵のおかげで、現状はこの事務所がなるべく不良債権化しないようにと、その経営状況を逐一監督する日々である。

早い話、現時点において、この探偵事務所は実質、朱美の支配下にあるといっていい。彼女が日曜日の昼間に事務所のソファを我が物顔で独占し、女性誌片手に余裕で煎餅をかじっていられる所以である。

そんな事情であるから、朱美がせっかく迷い込んだ依頼人を逃す理由はない。朱美は精一杯の笑顔を女性に向けると、「とにかく、お座りください」と愛想良く椅子を勧める。

それから彼女は、この探偵事務所の表向きの主である彼を呼んだ。

彼——朱美をもっとも不安にさせる男、鵜飼杜夫は事務所の奥から悠然と姿を現すと、

「どうも、推理の殿堂『鵜飼杜夫探偵事務所』へ、ようこそ」

と、新しいキャッチフレーズを口にした。そんなものいらねー、と朱美は思った。

「わたしが所長の鵜飼です。それから彼女は信頼できる助手の二宮朱美さん」

助手ではない。朱美は心の中で呟くが、《信頼できる》の言葉に免じて、とりあえず許す。

「それと、もうひとり信頼できない助手が約一名いますが、その紹介は別の機会に。――ところで盆蔵山の紅葉はいかがですか。そろそろ見ごろではないかと思うのですがね」

「はあ、確かにここ数日が見ごろ……」と答えかけた彼女の表情に、たちまち戸惑いの色が広がった。「なぜ、急に盆蔵山の話を？　まだ、名前さえ名乗っていないというのに」

鵜飼は朱美の隣に腰を下ろしながら、余裕の笑みで口を開く。

「なに、簡単な推理ですよ。あなたのその、きっちりとしたグレーのスーツ。有名ブランドの立派なものです。だが立派過ぎる。わざわざ雨の日に探偵事務所に着ていく服じゃない。もしどうしても着たいなら、レインコートを羽織るでしょう。でも、あなたは傘一本差しただけで、この事務所へやってきた。ところでその傘ですが、一見シックな茶色い傘ですが、実は駅前のコンビニで売っている五百円程度の安物です。高級スーツに安物の傘。いかにもバランスが悪い。つまりあなたは突然の雨に困って、急遽、安い傘を買い求めたわけだ。しかし、この雨は急に降り出した雨ではない。正午過ぎに降り出して、すでに一時間以上降り続いている。ということは、あなたが家を出たのは一時間以上前ということだ。ちなみに、あなたが車で来訪したのでないことは、僕自身、窓から外を見ていたから判ります。駐車場には僕の愛車であるルノーのほか、見慣れた車しか停まっていませんからね。え、タクシーを使った可能性？　いやいや、タクシーを利用したのなら、このビルの玄関前に停まるはず。そこから傘を差した場合、歩く距離はごく僅かだ。ならば、傘はあれほどびしょ濡れにはならない。おそらく、あなたは電車で駅までやってきて、駅前のコンビニで傘を買い、歩いてここまでやってきたのでしょう。ということは、あなたの家は烏賊川駅から電車で一時間以上かかる田舎町。となれば盆蔵山の麓のどこか、という結論にならざるを得ないわけですよ。――いかがです、僕の推理は？」

鵜飼にそう尋ねられて、彼女は迷うことなく言葉を並べた。

「①グレーのスーツは、有名ブランド品じゃなく、アオキで買った量産品です。②レインコートは着なかったんじゃなくて、最初から持っていません。③傘は一見安物に見えますが、お金持ちの友人から貰った五千円相当の高級品です。④自宅を出たのは三十分ほど前で、雨は既にザーザー降りでした。⑤そういうわけで、ここへくる際にはタクシーを利用しました。⑥傘がびしょ濡れなのは、タクシー乗り場で待たされたからです。――以上ですが、なにか？」

「………」

　情け容赦のない彼女の指摘を黙って聞いていた探偵は、やがて虚ろな顔を上げると、

「コホン！」と乾いた咳をひとつ。そして、「——ま、ときには外すこともあるさ」

　それ、全部外した探偵のいう台詞？　冷ややかな視線を送る朱美の横で、鵜飼は何事もなかったかのように無表情を装うと、あらためて目の前の女性にいった。

「えっと、じゃあ、まずはお名前からお聞きしましょうかね……」

　グレーのスーツの女は「千葉聡美、二十九歳」と名乗った。ちなみに自宅は盆蔵山の麓ではなく、烏賊川市の郊外にあるマンションで、現在ひとり暮らし。仕事は地元の生命保険会社で経理事務をやっているのだという。

「会社に入って七年目。現在はまだ独身ですが、交際中の相手がいます。最近付き合うようになった彼なんですが——」

「ほう、その彼がどうかしましたか？　どうかしたんですね？」

「ええ。実は、わたしの他に女がいるのではないかと……」

「なるほど。充分に考えられるお話です」

聞きようによっては依頼人に対して大変失礼とも取れる反応だ。だが鵜飼に悪びれた素振りはない。それどころか、彼は真剣なまなざしを彼女に向けると、諭すようにいった。

「悪いことはいいません。浮気調査など、おやめなさい。やっても誰も幸せになりませんよ。他人の秘密を暴いて、それがいったいなんになりますか。お互い虚しいだけです」

なるほど、彼のいうとおりかも――と一瞬、頷きそうになりながら、朱美は慌てて首を振った。他人の秘密を暴くことが虚しいならば、そもそもこの世の中に探偵事務所の存在する理由は、なんなのか。鵜飼の言葉は私立探偵としての自己否定である。

――さては、この男、浮気調査などという地味な仕事をやりたくないだけか！

ものぐさな探偵のぐうたらな意思を朱美は敏感に察知した。そこで彼女は、急遽この探偵事務所における最高権力者としての特権を発動することにした。

「浮気調査ならば、所長のもっとも得意とするところですわ。どうぞ、詳しいお話をお聞かせくださいな。うちの所長は必ずや、依頼人の期待にお応えするはずですから」

朱美は勝手に話を進めると、隣に座る探偵ににっこり微笑んだ。「そうですよね、所長？　間違っても、断るなんて選択肢は、この貧しい探偵事務所にはないですよね？」

たちまち、鵜飼の表情に大いなる落胆と深い諦めの色が差した。

「あ、ああ、もちろんだとも。浮気調査なら望むところさ。よし、いいだろう。他人の秘密を暴けるだけ暴いて、みんなで存分に虚しい気分を味わうとしようじゃないか」

ヤケクソ気味にいうと、鵜飼はソファの上で背筋を伸ばし、あらためて依頼人を向いた。

「それで、あなたの浮気性の彼氏というのは、どういう男性ですか」

「べつに浮気性というわけではありませんが……」

千葉聡美は探偵の反応に戸惑いながらも、彼氏について語りはじめた。「彼の名前は辰巳千昭さん。年齢はわたしより三つ年上の三十二歳。職業は飲食店経営者。もっとも経営者といっても、小さなバーを一軒やっているというだけです。塩辛町にある『満塁策』という名前のお洒落なバーなんですが」

「本当にお洒落なバーなんですか？　その名前で？　信じられませんねえ」

「名前はどうでもいいじゃないですか」千葉聡美は話を元に戻す。「お酒が好きなわたしは、あるとき仕事の帰りにそのバーに立ち寄り、そこでシェイカーを振っている彼に一目惚れしました。それから、何度かその店に通ううちに、お互い親しくなって、やがてプライベートでの交際が始まりました。知り合ってからまだ半年程度。交際が始まって、まだほんの二ヶ月程度ですが、わたしは真剣に彼との結婚を考えています」

「で、その辰巳さんに別の女がいると、そのような疑惑を持たれる根拠は？」

「実は、そういう噂をいくつか耳にいたしまして……」

「噂というと、彼が別の女と仲良くしているというような話でも？」

「ええ、そうなんです」千葉聡美は悔しさを滲ませるように唇を震わせた。「夜の街で、辰巳さんとモデルのような若い美人の女の子が、親しげに腕を組みながら歩いていたとか、『満塁策』とは違う別のバーで一緒に飲んでいたとか、ラブホテル街で見かけたとか。そんなふうに複数の人が様々な場所で、辰巳さんとその女性の姿を目撃しているんです」

「ふむ。念のため伺いますが、その辰巳さんと一緒にいた女性というのは、あなたではないのですね。あなたも、なかなかのモデル体形に見えますが」

「あら、そんな……」と、千葉聡美は謙遜するように顔を振った。「わたしじゃありません。辰巳さんと一緒にいたのは別の女です。目撃者たちの証言によれば、その女は派手な化粧をした妖艶な顔立ちで、長い黒髪が目を惹く美女。しかもその女、赤や紫のゴージャスなドレス姿だったそうです。でも、わたしは、そんな派手なドレスを着て辰巳さんと一緒に歩いたことなんか、いままで一度もありません」

保険会社のOL千葉聡美は、地味なスーツを誇示するように胸を張った。

「あの、失礼なことを聞くようですが」と鵜飼は丁寧に前置きしてから、「実は、あなたの彼氏が異常なほどのモデル好きで、そのような体形の美女をとっかえひっかえ何人も連れ回している――なんていう可能性はないのでしょうね」と本当に失礼なことを聞いた。

当然のことながら、依頼人は鵜飼の挙げた可能性を否定した。

「辰巳さんがモデル好きかどうかは知りません。ですが、彼と一緒にいた女が毎回違っていたという可能性はないと思います。目撃者の話してくれる女の特徴、服装の印象などはどれも一致しています。だいいち、そうそうモデルみたいな女性を何人も口説けるわけがないじゃありませんか。辰巳さんは美男子でモテるタイプだとは思いますが、ジゴロではありません。どちらかというと、物静かでおとなしいタイプですから」

「そうですか。では、そういうことにしておきましょうか」

鵜飼は含みのある言い方で、この話題を打ち切ると、「ならば話は簡単です」と一気に結論を口にした。「要するに、辰巳千昭さんが、そのドレス姿の女と仲良く一緒にいる場面をとらえて、パチリと一枚写真を撮ればいいわけですね。それが浮気の証拠となる。あとは、あなたと辰巳さんの相談次第。交際を打ち切るもよし、仲直りするもよし、相手の女を吊るし上げるもよし……」

吊るし上げは駄目なんじゃないの？　朱美は鵜飼を横目で睨む。一方、鵜飼は千葉聡美に向かって、浮気調査に欠かせない大切なアイテムを求めた。

「その辰巳さんの写真など、お持ちではありませんか」

千葉聡美はその問いを予想していたように、迷わず定期入れを取り出した。彼女はその定期入れから写真を一枚抜き取り、探偵に差し出した。「――これが辰巳さんです」

どうです、イケメンでしょ！

と、いまにも彼女の口を衝いて、自慢の言葉が飛び出しそうだ。だが、二十九歳独身OLの彼氏自慢に客観性などない。朱美は半信半疑の面持ちで、差し出された写真を見詰める。隣から鵜飼も写真を覗きこむ。そして二人は同時に声をあげた。

「あら、これはなかなか……」

「うむ、これは相当だな……」

どうやら千葉聡美の言葉には嘘も誇張もなかったようだ。

差し出された写真の中の辰巳千昭は、確かにハッとするほどの整った顔立ちだった。

2

結局、鵜飼は千葉聡美の依頼を引き受けた。朱美はそれですっかり満足し、以後の詳しい経過を知らないし、知ろうというほどの興味もない。いったん引き受けた以上、その仕事は探偵のものだ。後は彼がなんとか上手くやるだろう。いや、彼のことだから下手にやらかしてしまうのかもしれないが、それならそれで仕方がない。朱美は我関せずの心境だった。

だが、そんな朱美が再び鵜飼の仕事に関わることになったのは、雨の日曜日から丸三日が経過した、水曜日の午後のことだ。

そのとき、朱美は烏賊川市の駅前繁華街にいて、買い物を終えたところだった。都会で人気の『タリーズコーヒー』に似せて作った地元の有名カフェ『チャーリーズコーヒー』でお茶をしながら、そろそろ家に戻ろうかと思ったその瞬間のことだ。

朱美の目の前を背広姿の見慣れた顔が通り過ぎていった。

彼はズボンのポケットに両手を突っ込み、前かがみで歩いていた。落とした十円玉を探し歩いているように見えなくもないが、そうではあるまい。朱美はすぐさまカフェを飛び出し、駆け足で彼に追いつくと、その無防備な背中をぽんと叩いた。「――鵜飼さん！」

瞬間、鵜飼は「ひゃあぁ！」と素っ頓狂な叫び声。繁華街を往来する通行人が一斉に彼のほうを見やる中、鵜飼は唇に人差し指を当て、「シーッ、朱美さん！　静・か・に！」と、いかにも頓珍漢な反応を示した。

「うるさくしてるのは、あなたじゃないの!?　なにしてるのよ、こんなところで」

「なにって――落とした百円玉を探し歩いているように見えるかい？」

「…………」どうやら十円や百円を、どうこうしているわけではないらしい。「じゃあ、いくら落としたのよ？　なんなら一緒に探してあげようか？　あたしも暇だから」

『あたしも暇』とは失敬だな。僕は君と違って全然暇なんかじゃ……おっと、危ない！」

鵜飼はくるりと身体を反転させると、その体勢のままキョトンとする朱美に尋ねた。

「君、十メートルぐらい先に若い男がいるだろ。黒いスーツの男だ」

「ああ、あのホストっぽい派手な感じの男ね。あれ、誰なの？」

朱美は前方に見えるスーツの背中を眺めながら尋ねる。鵜飼は即座に答えた。

「あれが噂の美男子、辰巳千昭だ――って、おいこら、朱美さん、どこへいく！」

「きまってるでしょ、近くで顔見てくるの！」

意外とミーハーだな、という鵜飼の声を背中で聞きながら、朱美は駆け出した。

辰巳千昭は路上の喫煙スペースで煙草を吹かしていた。何気なく近寄り、朱美は間近でその顔を眺めた。写真で見たときも、なかなかの美男子だと思ったが、近くで見るとそのイケメン振りはなおさら際立って見えた。綺麗に整えられた眉。切れ長の目。ツンと尖った鼻。髪はサラサラで色白の肌にはホクロひとつ見当たらない。身体に張り付くようなタイトな黒いスーツが、痩せた身体によく似合っている。

朱美はいつしかぼんやりした気持ちになり、その美しい横顔に見とれていた。やがて、辰巳千昭は銜えていた煙草を灰皿に擦り付けると、ゆったりとした足取りで歩き出した。

その背中を追いかけるように、朱美もふらふらと歩き出す。すると突然、背後から――

「おい、朱美さん！」

今度は朱美が「きゃあ！」と大きな叫び声。またしても一斉に振り向く通行人。朱美は唇に人差し指を当てながら、「シーッ、鵜飼さん！　静・か・に！」

「うるさいのは君のほうだろ⁉　そんなことより、なにぼんやり歩いてるんだ。君があの男を尾行する理由はないはずだぞ。さあ、仕事の邪魔だから、帰った帰った」

「あら、そんなに邪険に扱うことないじゃない。尾行ならひとりより二人のほうが、やりやすいはずでしょ。せっかくだから力になるわよ、鵜飼さん」

「そんなにイケメンの尻を追いかけたいのか、君は？」

やれやれ、というように肩をすくめながら、鵜飼の視線は前をいく黒いスーツの背中に油断なく注がれている。するとの次の瞬間、鵜飼の口から「あッ」という叫び声が漏れた。

前方を見ると、辰巳千昭は歩道の端に立ち、片手を挙げる仕草。たちまち一台のタクシーが魔法にかかったように急停車。辰巳千昭は悠然とその後部座席に乗り込んだ。

「大変！　あたしたちもタクシー、つかまえなきゃ」

「なーに、大丈夫。車なら、こっちも用意してある」

そして鵜飼は歩道の端に立ち、片手を挙げる。目の前に滑り込んできたのは鵜飼の愛車、青いルノーだった。鵜飼は助手席に、朱美は後部座席にすばやく乗り込む。運転席でハンドルを握っているのは、探偵事務所の未熟な若造。見習い探偵の戸村流平だ。派手なスカジャンにジーンズ姿の流平は、二人が乗り込むや否や、車を急発進させた。

「あのタクシーを追うんですね！」

流平はアクセルを踏み込みながら、「ん――でも、なんで朱美さんがここに？」と、わざわざ後部座席に不思議そうな顔を向ける。朱美はその顔を手で押し返すようにしながら、

「いいから、前向いて運転しなさい！」

流平はあらためて前方を向き、車を走らせる。鵜飼は助手席で腕を組む。朱美は後部座席から身を乗り出すようにして、前方を走行するタクシーを見詰めた。

だが数分間の追走劇は、結局なんら劇的な展開を生むことはなかった。タイヤを軋ませながらのカーチェイスも追いつ追われつのデッドヒートもないまま、そのタクシーはとある住宅地の一角に停車した。流平はルノーを少し離れた路上に停めた。

朱美は後部座席の窓から周囲の景色を眺めた。似たような家が軒を連ねる、ありふれた住宅街の光景。前方では豆腐屋の移動販売車が「真心込めて営業中！」の幟を掲げている。

「――ここ、どこなの？」

「墨谷町。辰巳の住む町だ。彼の暮らす『墨谷アパート』は、すぐそこだ。単身者向けの結構広めのワンルーム・タイプらしい」

鵜飼は助手席の窓から前を指差す。そこに建つのは無骨なコンクリートの外観が特徴的な二階建て集合住宅だった。

辰巳千昭はタクシーを降りると、そのアパートの外階段を上っていった。

「彼の部屋は二階のいちばん端っこ。二〇四号室だ」

鵜飼のいうとおり、辰巳千昭はアパートの外廊下をいちばん端まで歩き、四つ目の扉の前で立ち止まった。ズボンのポケットから鍵を取り出し、扉を開ける。そしてそのまま、一度もこちらを振り返ることなく室内へと消えていった。それを待って流平が口を開く。

「どうしますか、鵜飼さん。また例の場所から見張りますか」

「そうだな。ここに車を停めていたら目立って仕方がない。いったん車をコインパーキングに停めて、例の場所から見張るとしよう」

鵜飼の指示に、頷く流平。朱美だけが「例の場所って、どこよ？」と首を捻った。

それから間もなく、車を近くの駐車場に停めた三人は、そこからアパートの敷地を回りこむようにして、建物の裏側に回った。アパートの小さなベランダが整然と並ぶ光景が見える。

朱美はそれを見やりながら、あらためて尋ねた。

「ねえ、例の場所って、どこのことなのよ、流平君？」

「ほら、アパートの向かい、道路一本を挟んだところに空き家があるでしょ。その二階に古い物干し台がありますよね。あそこからアパートの二〇四号室が丸見えなんですよ」

「ふーん、張り込みにはうってつけってわけね。でも、逆にバレやすくないかしら。だって、向こうからはこっちが丸見えなわけでしょ」

「いえ、大丈夫です。物干し台の手すりにはトタン板が張り巡らされています。僕らは板の隙間から向こうの様子を窺うことができます。逆に向こうから僕らの姿は見えません」

「へえ。ますます、おあつらえ向きってことね。——鵜飼さんが見つけたの？」

まあね、と答えながら鵜飼は勝手知ったる他人の家というように、問題の空き家に玄関から侵入していった。玄関の扉は鍵が掛かっていないらしい。というか、鵜飼が探偵らしい技術を駆使して、勝手に開けてしまったに違いない。

悪い探偵ね——と呟きながら、朱美も空き家に侵入を果たす。朱美は悪い探偵の共犯者となった。

鵜飼と流平、それに朱美の三人は、空き家の壊れかけた階段を上がり、二階の物干し台にたどり着いた。張り巡らされたトタン板に身を隠しながら、中腰の体勢でアパートに視線を向ける。確かに二〇四号室のベランダが、ほぼ正面に見える。サッシの窓にカーテンは引かれていない。ガラス越しに室内の様子が窺えそうに思える。だが——

時計の針はすでに夕刻を示していた。室内は思いのほか薄暗い。どれほど朱美が目を凝らしてみても、窓ガラス越しに人の姿は確認できなかった。

「あー残念！　これじゃ何も見えないじゃないの」

すると、そんな朱美の不満が聞こえたかのように——

突然、二〇四号室の窓に、ほのかな明かりが灯った。

それは無粋な蛍光灯の明かりなどではなく、よりムーディーなオレンジ色の柔らかな明かりだった。それにより、いままで窺うことのできなかった室内の様子が、たちまち朱美たちの目に飛び込んでくる。朱美はその光景にハッと声をあげそうになった。

窓辺に赤いドレス姿の女がひとり立っていた。背中をこちらに向けているため、女の顔を拝むことはできない。モデルのように背が高く、スマートな体形の女だ。

そんな彼女の真正面には、黒いスーツのイケメン辰巳千昭の姿が見える。その表情は目の前の愛しい女性に向かって優しく微笑んでいるかのようだ。

「見ろ」鵜飼がトタン板の隙間から前方を凝視しながら叫ぶ。「赤いドレスの女だ！」

「ええ、間違いありません」流平も鵜飼と同じ体勢で叫ぶ。「くそ、顔見せろ！」

だが、流平の願いが相手に届くわけもない。女はこちらに背中を向けたままだ。

すると、ドレスの女と辰巳千昭の姿が、どちらからともなく接近したように見えた。鵜飼たちの見守る前で、二つの影がピタリと重なり合う。赤いドレスの女が熱い抱擁を交わすように、腕を回す。朱美の隣で流平が何かを期待するように「ゴクッ」と喉を鳴らし、鵜飼が「おおッ」と小さく叫ぶ。すると次の瞬間、ドレスの女はそのまま男を押し倒すかのように、向こう側へと身体を預けていった。

やがて女のドレス姿も男のスーツ姿も、窓枠の外に隠れて見えなくなった——

「ああッ、こら、見えない、見・え・な・いー」と鵜飼が叫ぶ。

「ちっくしょー、せっかくいいところなのにー」と流平が叫ぶ。

「うるさいわねー、あんたら思春期の男子かー」と朱美は嘆く。

男子二人はトタン板の隙間から顔を離すと、なんとか二〇四号室の光景を覗き見ようと、物干し台の上でピョンピョンと飛び跳ねる。張り込み中という状況を完全に忘却したかのような彼らの振る舞いに、朱美は呆れるよりほかない。

「そんなことより、写真の一枚でも撮れたの、鵜飼さん？」

「いや、二人のラブシーンを一瞬たりとも見逃すまいと必死になるあまり、写真を撮るまでには至らなかった。かえすがえすも残念だ」

「…………」なんて役立たずの探偵だろうか。

「まあ、赤いドレスの女は最後まで背中を向けていたから、シャッターチャンスは事実上なかったといっていい。だが、とにかく二〇四号室で辰巳千昭と謎の女が密会中であることは間違いない。だったら、セカンドチャンスに賭けるだけだ」

　そして鵜飼は彼の頼りない相棒に指示を出した。

「流平君はアパートの玄関に回ってくれ。女が部屋を出るところを狙うんだ。僕はもうしばらくここで、二人の行為を覗いて――いや、見張っていよう。けっして不埒な感情からではなく、あくまで仕事の一環として」

「え〜、鵜飼さ〜ん、なんかズルいっすよ〜、自分ばっかり〜」

「…………」鵜飼さん、不埒な感情がバレバレよ！　それと、流平君は残念がりすぎ！

　小さく溜め息を吐く朱美。すると、そんな彼女の視界に奇妙な光景が飛び込んできた。先ほど謎の女が赤いドレスの背中を向けていた窓の向こう。オレンジ色の照明に照らされた空間に、薄らと霧のようなものが立ち込めている。

「なに、あれ」朱美はトタン板から顔を覗かせ、二〇四号室を指差す。「煙かしら？」

「まさか。いくら二人が燃えるような熱い抱擁を交わしたところで、煙なんか上がるわけが——おおッ」

鵜飼は目を丸くして、二〇四号室の光景を凝視する。すでに窓の向こうは濃霧に覆われたような状態で、まったく見通すことができない。鵜飼の声が驚きに震える。

「た、確かに、あれは煙……いや、煙だけじゃない……火も見える……」

そして鵜飼は重大な現実を満天下に示すように、物干し台の上から大声で叫んだ。

「二〇四号室が燃えてるぅ——ッ！　かかか、火事だぁ——ッ」

二〇四号室で火災発生。予想もしない急展開に、鵜飼は物干し台の上でしばしオロオロ。それからやっと思考が回りはじめたのか、「とにかく流平君、一一九番に通報だ」と助手に向かって指示を出し、それからくるりと踵を返すと、「——僕は現場を見てくる！」

言うが早いか、彼は空き家の階段を駆け下りていった。流平はすぐさま携帯で通報を始める。朱美は一瞬迷った挙句、「待って、あたしもいくわ」と鵜飼の後を追った。

やがて鵜飼と朱美は相次いで『墨谷アパート』へとたどり着く。そのまま二人は一気に外階段を駆け上がると、二〇四号室の扉を目指して、外廊下を突っ走った。

そしてたどり着いた二〇四号室。鵜飼と朱美は互いの意思を確認するように頷き合う。

そして鵜飼はおもむろに玄関のチャイムを鳴らした。——ピンポ〜ン！

「馬鹿ぁ――ッ」朱美は思わず叫ぶ。「火災現場でピンポン鳴らしてどーすんのよ！」

「い、いや、いちおう他人の家だし、返事があるかと……」

返事なんかいらない！　朱美は扉のノブに猛然と右手を伸ばす。幸いなことに扉は施錠されていなかった。ノブはくるりと回転し、扉は易々と開いた。眼前に広がるのは、ワンルーム・アパートのありふれた玄関の光景だ。

朱美は咄嗟に声を発した。「あ、あの、ごめんくださ〜い」

「見ろ！　君も他人のことはいえないだろ。火災現場でなにが『ごめんくださ〜い』だ」

「だ、だって他人の家だもん……」

鵜飼と朱美は初めて遭遇する火災現場で、経験不足を露呈するばかりだった。

と、そのとき朱美は靴脱ぎスペースに真っ赤な円筒形の物体を発見した。

「消火器だわ」朱美はそれを持ち上げ、鵜飼に手渡すと、「いきましょ」といって、ハンカチで口許を押さえながら廊下に上がった。鵜飼が消火器を抱えながら後に続く。

短い廊下の突き当たりに扉があった。朱美が扉を開け放ち、鵜飼が部屋に飛び込んだ。目の前に広がるのは燃え盛る火の海――というほどではないが、確かにそこは火事の真っ最中だった。部屋の隅で扉の開いたクローゼットが炎上中だ。壁際に置かれたベッドにも火の手が上がっている。そのベッドの上に何者かが横たわっている。

黒いスーツ姿、整った顔立ち——辰巳千昭だ！

だが燃えるベッドの上で、なぜジッとして寝ていられるのか。

「辰巳ッ、ぶふぁ！」煙に捲かれて、鵜飼が一歩後退する。「くそ、これでどーだ！」

鵜飼は手にした消火器のレバーを握り締め、闇雲に消火剤の噴射を開始する。命中率の低い噴射でも、多少の効果はあったらしい。二〇四号室の火事は沈静化するかに見えた。炎と煙に包まれていたベッドの上も、一時的に火の勢いが弱まった。そこで朱美は初めて気づいた。ベッドの上の辰巳千昭が、ただジッとしているのではないことに。

「し、死んでるの、彼⁉　煙にやられたのかしら」

「いや、煙じゃない」鵜飼は横たわった辰巳千昭の上半身を指で示した。「ほら、あれだ」

朱美は鵜飼の指し示す方向に視線を送った。黒いスーツの左胸のあたりから、一本の棒状の物体がニョキッと突き出ていた。それはナイフか包丁の柄のように見えた。

「う、嘘」朱美は思わず目を見張った。「この人、心臓を刺されてる！」

「そう、少なくとも彼は火事で死んだんじゃない。これは事件、ゲホ、おそらく殺人事件だ、ゴホ。朱美さん、とりあえずこの現場は、ゲホ、このままにして僕らはいったん、ゲヘゴホ、ここを出ようじゃないか、ゲヘ。僕らだけで完全に、ゴホ、火を消すことは無理だ、ガハゴホブフォブフォガハ……と、ところで赤いドレスの女は……どこだ、ゴホッ」

「もういいって！　それ以上無理して喋ったら、死体が二つになるわよ！」

ちょっとの間、息止めてなさい――と、朱美は鵜飼の耳元で忠告。それから彼女は足元のおぼつかなくなった探偵の身体を支えながら、いったん二〇四号室を出た。

運び出された鵜飼は意識朦朧（もうろう）の放心状態。その顔は死人よりも青ざめて見えた。

3

間もなく『墨谷アパート』の周囲に続々と消防車が到着し、消火活動が始まった。だが彼らの活躍の場面はそう多くはなかったようだ。素早い通報と初期消火が功を奏して、被害は最小限に食い止められた。二〇四号室は部屋の一部を焼いたのみ。被害といえば、クローゼットの中の洋服とベッドが台無しになり、クローゼットの横に置かれた大きな鏡が煤（すす）で真っ黒になった程度。それ以外で火事の被害といえるのは、一酸化炭素中毒に陥った探偵が約一名。それぐらいである。

鎮火した二〇四号室からは、辰巳千昭の死体が運び出された。だが、これは火事の被害者ではない。辰巳の命を奪ったのは炎や煙ではなく、胸に刺さった刃物である。

やがて警察による本格的な捜査が開始された。

捜査に当たったのは、烏賊川市警察の砂川警部と志木刑事だ。朱美たちにとっては、すっかりお馴染みの二人組だ。そんな二人は朱美たちを見るなり、「なんだ、お馴染みの顔ぶれだな」「見慣れた三人組ですね」と顔を顰めた。こっちの台詞よ、と朱美は思った。と同時に、朱美は自分が探偵トリオの一員と見なされていることにも不満を覚えた。トリオではなく、《鵜飼と流平の探偵コンビ＋美人のお姉さん》。それが朱美の認識なのだ。

ともかく朱美、鵜飼、流平の三人は、消火活動の終わった現場で刑事たちと対面した。あらためて足を踏み入れた二〇四号室は、全体の四分の一程度が黒焦げになっていた。

そんな中、砂川警部は手帳を片手に、鋭い視線で三人を眺め回した。

「この部屋で火災が発生しているのを、君たちが発見して通報したそうだね。まずはそのときの詳しい様子を聞かせてもらおうか」

「判りました」鵜飼が一歩前に出て口を開く。「実は我々はとある人の、とある依頼を受けて、ゴホ、この二〇四号室をゴッホン、見張って、ゲヘッ、そ、それでですね……オエ！」

「いつまで、咳してんのよ！」朱美は鵜飼を無理やり一歩下がらせた。「あたしが説明します。実はあたしたち、この二〇四号室を空き家の物干し台から見張ってて……」

朱美は窓の向こうに見える空き家を指差しながら、火災発見に至る経緯を詳しく刑事たちに話して聞かせた。彼らは腕組みしながら朱美の話に耳を傾ける。やがて彼女の話が一段落するや否や、砂川警部はおもむろに顔を上げて鵜飼を睨みつけた。

「おい、君の行為は明らかな不法侵入だ。許されることではないぞ」

「はあ⁉　不法侵入だなんて、とんでもない。僕はちゃんとピンポン鳴らしましたよ」

「違ぁーう！　空き家での張り込みが、不法侵入だといっとるんだよ」

「え、ああ、そっちですか、いや、それは、その……」しどろもどろの鵜飼は、結局笑顔と屁理屈で誤魔化した。「まあ、いいじゃないですか。僕らの張り込みのおかげで、死者二十名の大惨事になるはずの火災が、奇跡的にボヤ程度で済んだんだから」

「ふん、感謝状でもよこせというのかね」

皮肉をひとつ口にすると、警部は話題を変えた。「それより問題は死んでいた辰巳千昭だ。話によると、女が一緒だったそうだね」

「ええ、間違いありませんよ。赤いドレスの女です」

「その女の特徴は？　背は高かった？　低かった？」

「女性としては高いほうでしょうね。辰巳と並んでも遜色がないほどでしたから。体形はスマートでした。胸は見えませんでしたけどね。ずっと僕らに背中を向けてましたから。いえ、ドレスの背中？　いえ、背中が開いてるような、セクシーなドレスではありませんんでした。もっと上品な感じの服ですよ。色合いは派手でしたけどね」

「髪は長かった？　短かった？　髪の毛の色は？」

「長かったですね。長い髪の毛を束ねて背中に垂らしていました。色は黒ですね」

そうか、と頷きながら手帳にメモを取る砂川警部。そして彼はさらに尋ねた。

「その女は、いつどうやって、この部屋に現れたんだ？　君たちが街中で辰巳を尾行していたとき、彼はひとりだったんだろ？」

「ええ。ですから、たぶんその女は最初からこの部屋にいたんでしょうね。女がひとりで待っている部屋に、後から辰巳がやってきた――」

「いや、そうとは限りませんよ、鵜飼さん」口を挟んだのは流平だった。「辰巳が部屋に入ったときには、まだ女はそこにいなかった。その後、僕らが空き家へと移動する間に、その女は玄関から部屋に入っていった。そういうふうにも考えられるでしょ」

「なるほど、流平君のいうとおりだな」鵜飼は腕組みして頷く。「だがまあ、どっちにしたって大差はないさ。要するに、あの部屋には辰巳千昭と謎の女がいた。そして、部屋に明かりが灯り、二人の間で熱烈なラブシーンがおっぱじまったというわけだ」

「ちょっと待った」と今度は砂川警部。「君たちが覗いていたその場面だがね――」

「おや、覗いていたとは酷いですね」心外だとばかりに、鵜飼が唇を尖らせる。

「そうですよ、警部さん！」と流平も声を荒らげる。「僕らは覗いていたんじゃない。あのときはもうトタン板から顔を出して、食い入るようにその場面を凝視していたんですから」

ねえ、鵜飼さん――と同意を求める流平の頭を、鵜飼は優しくひっぱたいた。

「――で、警部さん、その問題の場面がどうかしましたか」

「うむ、君たちは男と女が抱き合う熱烈なラブシーンとして見ていたようだが、本当にそうなのだろうか。君も彼の死体を見ただろ。凶器の刃物――これは小型のナイフであることが確認済みだが――そのナイフは彼の心臓に真正面から突き刺さっている。男の殺人鬼でも、成人男性を相手にこうも見事に心臓を刺せるものではない。か弱い女性なら、なおさら難しいだろう。ただし、女には女の武器があるから不可能とはいえない」

「なるほど、女の武器ね。つまりその女は魅力的な容姿と甘い言葉で、辰巳を油断させ、そして熱烈な抱擁を交わすと見せかけながら、相手の胸にナイフの刃を突き立てた。すなわち僕らが目撃した場面は、ラブシーンなんてもんじゃなく、まさしく女が男を刺し殺す場面だったのではないか。そうおっしゃりたいんですね、警部さん？」

「そういうことだ。どう思うかね、君たち。凝視していたんだろ、その場面を？」

聞かれて、朱美は自分の中の確信が揺らぐのを感じた。

実をいえば、彼女もまたその場面を男女のラブシーンと信じ込んでいたひとりである。だが、あらためて振り返ってみると、それは勘違いだったのかもしれない。あの場面、朱美の目には、ドレスの女が背広の男を押し倒したように見えた。ずいぶん積極的な女だと思ったが、まあ、世の中そういう肉食系の女も多くいることだろうし、特に不自然とは思わなかった。

だが、相手を押し倒そうとするそのとき、女の手にナイフが握られていたとしたら、どうだ。その可能性は充分にあるのではないか。空き家の物干し台と二〇四号室の間にはかなりの距離がある。だから、女が手にした小さなナイフは朱美たちの目に留まらなかった。そう考えることはできる。

おそらく鵜飼も同様のことを考えたのだろう。彼は刑事たちの前で、何度も頷いた。

「なるほど。確かに、あのときの僕らの頭の中は、思春期の男の子のような妄想で占められていて、冷静な判断をできる状況ではなかった。実際にはあれは殺人の場面そのものだったのかもしれませんね。――そう思わないか、流平君？」

「鵜飼さんのいうとおりですね。確かに、あれは僕らの妄想が生み出した熱愛場面だったのかもしれません。――そうですよね、朱美さん？」

「あたしに聞くなぁ、馬鹿ッ！」

朱美は流平の頭を、ちょっと強めにひっぱたいた。

そんなこんなで警察からの事情聴取は終了した。結果、砂川警部は朱美たちの目撃した赤いドレスの女こそが辰巳千昭殺しの真犯人であると、そう結論付けたらしい。

「赤いドレスの女は辰巳を誘惑しつつ、隙を見て殺害。自らの痕跡を隠すため、現場に火を放ち、そのまま逃走した。その際、ドレスのままでは人目につくから、おそらくはロングコートなどを着用したはずだ。――よし、志木刑事！　背が高くて髪の長いロングコートの女を捜せ。そういう女は確実に目立つはずだから、必ず目撃者がいるはずだ」

若い部下に命令を飛ばす砂川警部。志木刑事はすぐさま部屋を飛び出していった。

鵜飼はなんだか腑に落ちない顔で、刑事たちの様子を眺めていた。

4

辰巳千昭の葬儀がおこなわれたのは、彼の死から二日後の金曜日のことだった。

朱美は鵜飼とともに、その葬儀に参列した。朱美は黒いワンピースの喪服姿、鵜飼は普段とそう変わらない地味な背広姿だ。ちなみに流平はきていない。彼は葬式に相応(ふさわ)しい服を持っていないからだ（実際、彼はとある葬儀会場にアロハシャツで現れ、周囲の顰蹙を買った前科がある）。

辰巳の死に多少なりと関わりを持った鵜飼と朱美である。葬儀に参列することに不自然さはない。だが鵜飼の真の目的は、例の赤いドレスの女を捜すことにあった。

「もっとも、葬儀の席に赤いドレスで参列する女がいれば、会場はパニックだろうが」

「そんな女、いるわけないでしょ！　捜すなら黒い服を着た、背の高い女よ」

それから髪は長くて色は黒——と付け加えながら、朱美は続々集まってくる人々に視線を注ぐ。すると、会場の入口付近で、条件にピタリと当てはまる女性の姿を発見。だが、その女性は鵜飼たちの存在に気が付くと、彼らのほうへと自ら歩み寄ってきた。

「あら、探偵さんたちも、いらっしゃっていたんですね」

髪の長い長身の女性。それは千葉聡美だった。辰巳千昭の浮気調査を依頼した人物だ。

彼女に対しては、すでに鵜飼のほうから辰巳千昭の死に至る経緯を詳しく説明してある。

『死を迎える直前、彼は別の女と一緒でした』そう探偵から聞かされたときの、彼女のショックはいかばかりだったかと朱美は思う。裏切られたと不愉快に思うのか、あるいは、それでも恋人を喪った悲しみが勝るのか。それは朱美にも想像しづらい部分だった。

そんな千葉聡美は目の前の探偵に、疑るような視線を投げた。

「ひょっとして、辰巳さんの死について、まだなにかお調べになっているのですか」

「いえ、そういうわけではありません」と鵜飼はキッパリ否定した。「僕はただ、純粋に亡くなった辰巳さんの死を悼む気持ち、それだけの理由で参列いたしました。ですから、遺族には香典すら渡しておりません」

「まさしく、気持ちだけ、というわけですね」と聡美は妙に納得した表情。

彼の言葉を真に受けないで！　と朱美は胸のうちで叫ぶ。香典は朱美が出したのだ。

「ところで、探偵さんが見た赤いドレスの女は、その後、どうなったのでしょう？」

千葉聡美の問いに、鵜飼はとぼけるように肩をすくめた。

「さあ、どうなったのでしょうね。わたしはよく知りませんが」

「そうですよね。謎の女を捜すのは、警察のお仕事ですしね」

そういうことですね、と頷く鵜飼に、千葉聡美は小さく一礼して、静かにその場を去っていった。そのピンと張った喪服の背中を眺めながら、朱美はひとつの疑惑を口にした。

「ねえ、例の赤いドレスの女が、実は千葉聡美の着飾った姿――っていう可能性はまったく考えなくていいのかしら？　辰巳千昭の周囲にいる女性で、背が高くて髪の長い女性といえば、まず名前が上がるのは彼女だと思うんだけど」

「確かにね。でも、その点はもう彼女自身に確認済みだ。事件のあった日の午後、千葉聡美はずっと自分の生命保険会社のオフィスにいた、と彼女はそういっていた」

「彼女が自分でいってるだけじゃアリバイにならないわ。裏は取らなくていいの？」

「なんで僕が、そんなことまで？　僕がやらなくても、警察がもうやってるさ」

「そうかしら？」

「そうさ。だって、辰巳千昭の周辺に背が高く髪の長い女を捜しているのは、警察も同じだろ。当然、千葉聡美は真っ先に捜査の対象となったはず。にもかかわらず、平然と彼女が葬儀の場にいられるということは、すでに彼女のアリバイは成立している可能性が高い。——そう思わないか？」

いわれてみれば、そうかもしれない。朱美は鵜飼の推理に頷きながらも、

「でも、なんだか、彼女のこと気になるのよねえ。いまだって、恋人が死んだっていうわりには、彼女あんまり悲しんでる様子じゃなかったし……」

やがて葬儀が始まった。お坊さんの眠気を誘う読経の声が響き渡る中、参列者が整然と焼香を済ませていく。朱美と鵜飼は式場の最後尾の席に座り、その様子を眺め続けた。

すると、焼香する参列者の中に、朱美は目を惹く女性の姿を発見。それは千葉聡美とよく似たスタイルを誇る若い女性だった。長身で髪の毛も長くて黒い。ゆったりとした喪服

の上からでもプロポーションの良さは充分に窺うことができた。だが外観もさることながら、焼香を終えて戻ってくる際に見せた彼女の表情が、朱美の興味を惹いた。

「鵜飼さん、あの人……」朱美が鵜飼の袖を引っ張ると、

「ああ、泣いてるな……」鵜飼もその女性に鋭い視線を向けた。

もちろん葬儀の席だから、泣いている参列者は結構いる。辰巳千昭の遺族、特に年老いた両親などは、葬儀の最中も泣きっぱなしだ。その姿にもらい泣きする涙もろい中年女性も多い。だが彼女のように、故人の遺影に向かってさめざめと涙を流す若い女性は、この式場に限っては皆無だった。千葉聡美でさえ、泣いてはいなかったのである。

鵜飼は式場を出るその女性の後を追うように、素早く席を立った。朱美も彼に続く。

二人は葬儀会場の外でその女性に追いついた。

「ちょっとお待ちいただけますか」

彼女を呼び止めたのは鵜飼だ。「実はわたくし警察のほうから参ったのですが……」

「はッ、まさか！」彼女の表情が強張る。「聞いたことがあります。《警察のほうから》とか《消防署のほうから》などといって相手を騙すのは、詐欺師の常套手段だと……」

「いいえ、詐欺師だなんて、とんでもない」

鵜飼は慌てた素振りで名刺を手渡す。「では、本当のことをいいましょう。わたしは警

察ではなく私立探偵、鵜飼杜夫という者です」

「私立探偵⁉ なんだ、そうなんですか」

名刺を受け取りホッとした表情を浮かべる彼女は、すでに鵜飼の術中に嵌(はま)っている。一瞬、「この人、詐欺師？」と警戒させておいてから、「実は私立探偵です」と身分を明かす。相手はそれを聞いて、「詐欺師よりは探偵のほうがマシ」と思い、警戒を解く。これも一種の詐欺だろうと朱美は思う。探偵が詐欺師よりマシである保証はどこにもないのだ。

だが彼女が警戒を解いた、いまがチャンスには違いない。探偵はすぐさま質問した。

「失礼ですが、亡くなった辰巳千昭さんとは、どういったご関係ですか。祭壇の前で泣いてらっしゃる姿を見て、気になったのですが」

「わたし、辰巳さんとはお友達でした」

そういって彼女は自ら名前を名乗った。水原沙希(みずはらさき)、職業は塾の講師だという。そんな彼女に、鵜飼は不躾(ぶしつけ)なほど率直に聞いた。

「友達とおっしゃいましたが、それだけですか。本当は恋人同士だったのでは？」

「それは違います。本当に友達でした。最初は辰巳さんの経営するバーのお客のひとりでしたが、店に通ううちに次第にプライベートでも仲良くするようになったんです」

このあたりの経緯は、千葉聡美の語った話とよく似たものだった。

「では、辰巳さんのほうもあなたに恋愛感情を抱くようなことはなかった？」

「それは、その……」しばし言い澱んでから、水原沙希は顔を上げた。「実は、辰巳さんから告白を受けたことならあります。ほんの二ヶ月ほど前のことです」

「ほう。でも、交際するには至らなかったわけですね」

「ええ、わたしは交際をお断りしました。いいえ、断るどころか、わたし突然の告白に動転してしまって、そのとき辰巳さんに酷い言葉を……いえ、どんな言葉だったかはご勘弁ください。とにかく、私の態度が辰巳さんを傷つけたことは、間違いありません。それ以来、わたしも辰巳さんのバーにはいきづらくなってしまいました。いつか、ほとぼりが冷めたら謝ろうと、そう思っていたのですが、突然このようなことになり、それも永遠に叶わないことになりました。それが悲しくて……自然と涙が……」

　そういいながら、彼女は眸（ひとみ）からあふれ出す涙の粒を指先でぬぐった。そんな彼女に対して、朱美は自分の胸にわだかまる最大の疑問をぶつけてみた。

「あの、答えにくいことかもしれませんが、水原さんが辰巳さんをフッた最大の理由はなんだったのでしょうか。辰巳さんはイケメンですし、自分でお店も持っています。わたしの目から見ると、素敵な男性に思えるのですが」

　すると水原沙希は一瞬、酷く戸惑ったような表情を覗かせてから、

「え⁉　だって、あの人は……」

だが、そのとき彼女の言葉を邪魔するように、「ちょっと失礼しますよ」といいながら、横から背広姿の男たち二人が割って入る。

男たちは鵜飼と朱美を押しのけるようにして、長身の美女の前に立ちはだかった。

水原沙希は目を丸くしながら、目の前の二人組に尋ねた。「あなたたちは——？」

「これは失礼しました。実は我々は警察のほうからきたのですが……」

中年男性の言葉に水原沙希は「えッ、また⁉」と困惑の表情を浮かべた。「ええっと、この人たちは詐欺師？　それとも私立探偵？」

聞かれて鵜飼は首を左右に振った。「いいえ、この人たちは正真正銘、警察のほうからやってきた刑事さんですよ。烏賊川市警察の砂川警部と志木刑事です」

二人の刑事を水原沙希に紹介すると、鵜飼は自ら刑事たちのほうを向いた。

「警部さん、この人になんの用ですか。いまは僕がこの人と喋っているんですがね」

「悪いが、後にしてもらおうか」命令口調で鵜飼にいうと、砂川警部はあらためて喪服の美女に厳しい視線を向けた。「水原沙希さんですね。バー『満塁策』の常連客であり、そして辰巳千昭さんとも個人的に浅からぬ縁があった方だ。申し訳ありませんが、いろいろとお話を伺いたい。ここではなんですから、ちょっとだけ署までご同行願えますかな？」

丁寧な言葉とは裏腹に、その口調には有無を言わせぬ迫力があった。

どうやら警察は彼女こそは赤いドレスの女だと疑っているらしい。身体的特徴などから見て、無理もない判断だが、果たしてどうだろうか。朱美には水原沙希が辰巳殺しの真犯人であるとは、到底思えない。

「ちょっと待ってください」

容疑者を連行しようとする刑事たちを、鵜飼が呼び止めた。「朱美さんの質問に対する答えが途中です。——水原さん、あなたはなぜ辰巳さんからの告白を拒否したのですか」

「ええと、それはだなあ、わたしが思うにだ……」

「なんで警部さんが答えるんです！　辰巳にコクられたのはあんたじゃないだろ！」

地団太踏んでイライラを露にする鵜飼。だが砂川警部は真顔でいった。

「なに、わたしにだって判るよ。彼女が辰巳をフッた理由だろ。それはたぶん、辰巳千昭が女だったからだよ。同性に告白されても、そう簡単にOKとはいえないじゃないか」

「!?!?」

あまりにも意外な警部の言葉に、絶句する鵜飼と朱美。そんな二人を尻目に、刑事たちは水原沙希を連れて悠々と葬儀会場を去っていった。

5

それからしばらく後——。朱美は鵜飼の運転するルノーの助手席にいた。葬儀会場を飛び出した車は、探偵事務所への道を進んでいる。無言のままハンドルを操る鵜飼。一方の朱美の頭の中は、先ほど知らされた衝撃的な事実によって占められていた。

辰巳千昭はイケメン男ではなく、実は女性。

だが、いわれてみると思い当たる節もないではない。間近で見た辰巳の顔は、男にしては線が細く見えた。色白の肌もサラサラの髪の毛も女性的な特徴だ。確かに、辰巳千昭は女性としての肉体を持ちながら、男性として生きる、そういう種類の人物だったのだろう。だが、そのことは彼の、いや、彼女のというべきか、いやいや彼であり彼女でもある、要するに辰巳千昭という人間の死に、どう関わっているのだろうか。

そんなことを考える朱美の隣で、鵜飼が別の疑問を口にした。

「辰巳千昭が女だとすると、ひとつ奇妙に思えることがある。依頼人のことだ。千葉聡美は辰巳が女だってことを、知らなかったんだろうか？」

「そりゃ知らなかったんじゃないの？　だって彼女は、自分の《彼》が別の女と浮気していることを疑って、それで鵜飼さんに調査を依頼したんだから」

「だが、千葉聡美は辰巳と付き合っていたんだろ。なんで気づかないんだ？」

「それは、そーいう男女の行為をするに至っていなかったからでしょ。べつにおかしくないわ。彼女の話によれば、二人の交際期間は、まだ二ヶ月だっていうし」

「えー、交際して二ヶ月も経てば、大抵の男女はそーいうことするだろー」

「なんの根拠があって断言できるのよ！　そーいうことしない男女もいるでしょ！」

朱美はムキになって叫ぶと、それから少し冷静になっていった。「そうだ。二ヶ月経っても辰巳がそーいうことをしてこない。だからこそ、千葉聡美は辰巳に別の女がいることを確信した。それで鵜飼さんに調査を持ちかけたんだとしたら――」

「ああ、そうか。そういう流れは確かに考えられるな」

鵜飼はいちおう納得したように頷いた。

そんな会話を交わすうち、いつしか車は辰巳のアパートの傍に差しかかっていた。

「ねえ、鵜……」と、朱美が運転席に話しかけようとした、ちょうどそのとき！

キィーッと派手なブレーキ音が響き渡り、車はツンのめるような恰好で急停車。助手席の朱美は、鵜飼の「鵜」の音を発しながら、そのままフロントガラスに額をぶつけた。

「なにすんのよ、危ないわね！」

抗議の声をあげる朱美をよそに、鵜飼はギアをバックに入れて、今度は猛然と車をバックさせる。車は数十メートルも車道を背走して道路の端にピタリと停車した。

朱美は乱れた髪を撫でつけながら、窓の外を見やる。「——あら、この車は⁉」

見覚えのある車が、すぐ目の前に停車中だった。幟を立てた豆腐の移動販売車だ。

鵜飼は車を飛び出して、豆腐売りの青年に駆け寄った。朱美も探偵の後に続く。

「ああ、君、ちょっと聞きたいことがあるんだ。君、この前の水曜日にも、この場所に車を停めて営業中だったよね」

「水曜日⁉」青年はしばしの間、思案顔。それから大きく頷くと、「ああ、『墨谷アパート』で火事が起こった日だな。確かに、あの日もここに店を出してたぜ」

「そう、その日だ。ところで君、ここに店を出していれば、アパートの人の出入りは一目瞭然のはずだ。一階と二階のすべての玄関が見渡せるし、二階から誰かが階段を降りてくれば、それも丸見えだ。そうだよね」

「まあ、そうだな。——で、なにが買いたいんだい、兄さん？」

「じゃあ、木綿を貰おうか」鵜飼は二百円もする高級木綿豆腐を一丁購入した。「ところで質問なんだが、あの日、火事の起こる前後、アパートに出入りした人間の姿を、君は覚えているかい？」

「ああ、覚えているぜ。男と女が二階の端っこの部屋に飛び込んでいった。それから数分後に、女がぐったりした男を抱えるようにして出てきた。男はやたらと咳をしていたっけ」

「へえ、そうかい。だが、それは僕の聞きたい話ではないね」

鵜飼は慎重にその話題をやり過ごした。「その男女が部屋に出入りする前に、その同じ部屋――二〇四号室に出入りした人物はいなかったかな？」

「そういや、その部屋に入っていった男がひとりいたな。黒いスーツ姿の優男だ。俺の目から見てもハッとするほどのイケメンだったから、よく覚えているぜ」

辰巳千昭だ。その場面は、朱美たちも車の中から目撃している。

「じゃあ、その男が部屋に入った後、同じ部屋から女が出ていかなかったかな？　赤いドレスを着た女だ。ロングコートを羽織っていた可能性もあるけれど、どうかな？」

「赤いドレスにロングコート!?　そんな夜の女みたいなのが、この住宅街にかい」

青年はしばし考える素振りをしながら、片目を瞑（つむ）った。「ところで、お兄さん、絹ごしはいらねーのかい？」

「判った、貰おう」鵜飼は絹ごし豆腐を購入して、「――で、どうなんだ？」

すると、豆腐売りの青年は代金を受け取るや否や、キッパリとこう断言した。

「そんな女は見なかったぜ。二階の部屋からそんな目立つ恰好の女が降りてくれば、絶対見逃すはずがないから、間違いはねーよ」

青年の意外な回答に、朱美は耳を疑った。朱美たちが二〇四号室に飛び込んだ時点で、赤いドレスの女はもう部屋にはいなかった。つまり謎の女は、それ以前に部屋から脱出していた可能性が高いのだ。だが、青年はその姿を見ていないという。

それとも、実際は朱美たちが部屋に飛び込んだのと入れ違いのようにして、女は部屋から出たのだろうか。だが仮にそうだとしても、この青年の目に留まらないのは変だ。

もちろん、二階の窓から飛び降りるという可能性もなくはない。だが、そんな危険な真似をして、いったいなんの意味があるというのか。

「これって、どういうことなの?」

思わず首を傾げる朱美。だが、そんな彼女の隣では、

「いいや、これでいいんだ。むしろ、こうでなきゃおかしい」

右手に木綿、左手に絹ごし。豆腐二丁を両手に持ちながら、探偵は晴れ晴れとした笑みを浮かべるのだった。

6

二丁の湯豆腐が探偵事務所の食卓を飾った、その翌日のこと――

鵜飼は事件の関係者たちを、例の空き家の物干し台へと誘った。

集まった関係者は五人。鵜飼杜夫と二宮朱美、砂川警部と志木刑事、そして今回の事件の依頼人である千葉聡美、これだけである。

「戸村流平はどうした？　死んだのか」という志木刑事の素朴な問いに、鵜飼は神妙な顔つきで「実は、彼、豆腐に当たりましてね」と首を左右に振った。

豆腐に当たる人間なんて滅多にいないのだが、その点、疑問を挟む者はいなかった。もともと流平の不在は、さほどの関心を持たれていなかったようだ。

「で、君はここでなにをしようというのかね」砂川警部が探偵に問いかける。

「ふふん、警部さん。僕はいまからここで今回の事件の……」

「事件の再現をおこなうんだろ。だったら能書きはいいから、さっさと始めたまえ」

「………」大事な台詞を奪われた探偵はショックの色を滲ませながらも、すぐに気を取り直し、前方に建つ『墨谷アパート』を示した。「では見てください、二〇四号室を！」

たちまち一同の視線が二〇四号室へと一斉に注がれる。だが、その部屋に明かりはなく、室内は薄暗い。カーテンは開かれているものの、窓越しに室内の様子を窺うのは困難だ。

「要するに事件の午後と似たような状況ね」

朱美は前方を見詰めたまま、今後の展開を勝手に予測する。「判ったわ。あの部屋にオレンジ色の明かりが灯ると、そこに赤いドレスの女と黒いスーツの男がいるって流れね」

「さーて、それはどうかな？」探偵は腕組みしたまま余裕の笑顔だ。

すると間もなく、朱美の予想したとおりに二〇四号室の窓にオレンジ色の明かりが灯った。室内の様子がたちまち露になる。だが、そこに現れたのは朱美の想像したような光景ではなかった。

ガラス窓の向こうに見えるのは、赤いドレスの美女でも、黒いスーツのイケメン男でもない。朱美の目に映るのは、お馴染み阪神タイガースの縦縞のユニフォーム姿だった。背中をこちらに向けているので顔は見えない。

背番号は6だ。

「金本です、警部！　二〇四号室に阪神を引退した金本の姿が見えます」

「落ち着け、志木！　あれは金本のユニフォームを着た別人だと思うぞ」

まあ、本人であるわけがない。そして、そんな金本のユニフォームを着た男の正面には、これまた見慣れた男の姿が窺える。志木刑事はその男の顔を指差しながら、また叫ぶ。

「戸村流平ですよ、警部！　戸村流平が阪神を引退した金本と向き合って立っています」

「いい加減にしろ、志木！　戸村流平は金本の恰好をした別人と向き合っているだけだ」

ちなみに流平はなぜか赤い服を着ているようだ。よくよく見ると、それは広島カープのビジター用のユニフォームだと判る。つまりこの瞬間、二〇四号室ではカープの赤いユニフォームを着た戸村流平と阪神の縦縞のユニフォームを着た金本（ただし別人）が向き合っているという、実に幻想的な光景が繰り広げられているのだった。

「…………」なんなのよ、これは？

朱美は鵜飼の狙いが判らず呆然。一方、鵜飼本人は目の前の光景に満足そうに頷くと、誰かに合図するかのように、いきなり右手を頭上に掲げた。すると、彼の合図に反応したのは背中を向けた縦縞の男だった。男は朱美たちが見詰める先で、くるりと踵を返してこちらを振り向いた。

すると――

縦縞のユニフォームはカープの赤いそれに一瞬で変化した。その男の顔は……

次の瞬間、驚きを隠しきれないとばかりに、刑事たちがまたしても叫んだ。

「驚きましたね、警部！　阪神を引退した金本だと思われた男は、戸村流平でした！」

「そのとおりだ、志木！　要するにこれは、戸村流平による一人二役だったわけだ！」

意外な事実を前にして、呆気にとられる砂川警部と志木刑事。

そんな彼らの反応を横目に見ながら、鵜飼はしてやったりの笑みを浮かべるのだった。


それから探偵たち一同は、空き家の物干し台を離れて、『墨谷アパート』の二〇四号室へと移動した。廊下を抜けて扉を開けると、そこは水曜日の火災現場だ。部屋の一部が焼け焦げた雑然とした空間。そこにいたのはやはり戸村流平がただひとりだった。

カープの赤いユニフォームを着た流平は、得意げな笑顔で彼の師匠を迎えた。

「どーでしたか、鵜飼さん。僕の演技、バッチリだったでしょ！」

「ああ、完璧だ。赤ヘル時代の金本と縦縞の金本、二つの時代を見事に表現していたよ」

「まさしく、鉄人の引退を飾るに相応しいトリックというべきですね」

「うむ、これで彼も思い残すことなくグラウンドを去ることができるだろう」

互いの健闘を称えるように肩を叩きあう鵜飼と流平。その姿は勝利の喜びを分かち合う金本と新井（貴）の姿とダブって見えた。だが、そんなことはどうでもよろしい——

「それより、どうなってるの、流平君の着ている服⁉」

朱美は流平に歩み寄り、彼の奇妙なファッションを間近で観察した。

いちおうベースになっているのは、広島の赤いユニフォームらしい。だが、赤い布地が見えているのは前面だけ。後ろ半分には、阪神の縦縞のユニフォームが貼り付けてある。背番号は6だ。すなわち、前から見ると広島のユニフォームを着た戸村流平、後ろから見ると阪神を引退した金本、という実に斬新な装いとなっている。甲子園球場で着れば、阪神ファンに「おまえどっちのファンやねん！」と突っ込まれ、マツダスタジアムで着れば、「やっぱ金本に縦縞は似合わんのぉ〜」と評判を呼ぶ、そんな恰好である。

「なるほど」呻くように砂川警部がいった。「その前と後ろを縫い間違えたようなユニフォーム姿を、これに映していたわけだな」

そういって警部は窓辺に置かれた一枚の大きな鏡を指差した。

それは衣料品店でよく見かけるキャスター付の姿見だった。高さは人の背丈ほどもあり、フレームは銀色のメタル製。火災の直後は煤で汚れていたが、いまは鏡もフレームもピカピカに磨かれている。鏡の表面は窓の外を向いていた。

覗きこむと、鏡の中に空き家の物干し台が映りこんでいる。

その状態で、流平はあらためてその姿見の前に立った。背番号6は物干し台のほうを向いている。鏡の中では赤いユニフォーム姿の流平が笑っている。この状況を物干し台から眺めたなら、背番号6の鉄人・金本と広島の赤いユニフォームを着た凡人・戸村流平が、なぜか向き合っている、そんな光景に見えることだろう。

「ということは、これを事件の場面に当てはめて考えてみると……」

朱美は顎に手を当てながら続けた。「黒いスーツ姿の辰巳千昭は、後ろ半分だけを赤いドレスの布で覆い隠して窓辺に立っていた。そして、ドレスの背中をわたしたちのほうに向けながら、辰巳は目の前の鏡に自分の正面の姿を映していたってことね」

「そういうことだ、朱美さん。物干し台に立つ僕らの目には、赤いドレスの女の背中と、鏡に映るスーツ姿の辰巳が見えた。その光景を見て、僕らは二〇四号室に男と女がいると錯覚したわけだ」

「実際に部屋にいたのは辰巳千昭がひとりだけ。二〇四号室に女はいなかったわけね」

「いや、女はいたさ。辰巳自身が女なんだから。正確には男がいなかったというべきだな」

「え⁉　ああ、そっか。うーん……」

朱美は混乱気味の頭を手で叩く。鵜飼は自分たちが見た問題の場面を整理した。

「僕らはこの部屋に男と女がいて、熱烈なラブシーンを演じているように思い込んでいた。だけど、それはまったくの虚像だったわけだ。あの場面、この部屋にいたのは辰巳千昭がただひとり。彼は、いや、彼女はというべきかな？　まあ、どっちだっていい。とにかく辰巳は奇妙な服と鏡を利用して、男と女の一人二役を演じていたわけだ」

「ということは……」朱美はその光景を脳裏に思い描いた。「辰巳千昭は鏡の中の自分と向かい合い、そして鏡の中の自分と見詰め合い、そして鏡に歩み寄り、それから……えーと、それからどうしたのかしら？」

その先の光景が朱美には浮かばない。すると「簡単だろ」といって鵜飼が答えた。

「辰巳千昭は鏡と熱い抱擁を交わし、そのまま鏡をベッドに押し倒したのさ。割らないように、そうっと慎重にね！」

朱美は思わず皮肉な笑みをこぼした。辰巳千昭が鏡を押し倒す場面を想像したからだ。

「……なんていったらいいのか、馬鹿げた行為ね」

「まあね」鵜飼も唇の端でニヤリと笑う。「でも、トリックって元来そういうもんだろ。他人の目には重大な行為がおこなわれているように見えても、実際それを間近で眺めてみれば、当人はまったく滑稽な恰好をしながら馬鹿げた行動を取っているものだ。もちろん、辰巳本人は大真面目だったろうけどね」

鵜飼の話に頷きながら、流平が自嘲気味にいった。

「てことは、鵜飼さん、僕らは辰巳千昭が鏡を相手に演じるラブシーンを覗き見ようとして、物干し台の上で馬鹿みたいにピョンピョンと飛び跳ねていたわけですね」

「言葉に気をつけたまえ、流平君。馬鹿みたいに飛び跳ねていたのは君だけだ。僕はあの場面でも冷静だったよ」

「どういう記憶力してるんですか、鵜飼さん。あなたはあのとき、僕より高くジャンプしていましたよ。忘れたんですか」

「…………」まさしく不毛な議論。朱美は探偵を睨みつけていった。「先を続けて！」

「判った。そうしよう」

鵜飼は我に返ったように、話を元に戻した。「とにかく、あの物干し台からはベッドの上の光景は角度的に覗き見ることができなかった。辰巳は僕らの死角に入ったわけだ。だが、仮に覗くことができたなら、僕らは酷くガッカリする場面を目撃したことだろう。もちろん、期待するようなラブシーンなどいっさいない。鏡を押し倒した辰巳は、すぐさまベッドを降りて、その鏡をクローゼットの横に戻しただろう。それから背中に貼り付けた赤いドレスの布地を剥がし、普通の黒いスーツ姿に戻ったはずだ。そして、剥がした赤いドレスに火を点けた——この意味、判るだろ、流平君？」

「証拠隠滅ですね。赤いドレスの女が現場から逃走したように見せかけるためには、そのドレスを抹消しなければならない。だからドレスを焼き払った。唐突に起こった火事の理由は、それだったんですね。ドレスだけを焼いたら不審に思われるから、部屋そのものを燃やした。そういうことなんですね」

「そうだ。もっとも、その火事はどうせすぐに発見されてボヤ程度で消火される。なにしろ、二〇四号室には見張りがついているんだからね。だが、そんな中でも赤いドレスだけはしっかり焼き払わなくてはならない。燃え残りなどがないようにね。だが、これはそう難しいことじゃない。もともとその赤いドレスは後ろ半分だけのものだ。しかも本物のドレスのようなしっかりした布地である必要もない。おそらくそれは薄くて燃えやすい化学繊維で作られていたはずだ」

「それなら、あの火事の中であっという間に燃え尽きたはずですね」

「そういうことだ。ちなみに隠滅すべき証拠は赤いドレスのほかに、もうひとつある。それは髪の毛だ。辰巳千昭は髪の長い女を演じるために、カツラというか付け毛のようなものを頭の後ろに垂らしていたに違いない。辰巳はそれも焼き払おうとした」

「ちょっと待て」と砂川警部が口を挟む。「カツラなんてものを燃やしたら、きっと燃えカスが残る。だが現場からそんな奇妙な燃えカスが発見されたという記録はないぞ」

「いえ、警部さん、べつに本物のカツラである必要はないんですよ。遠目に見て黒い髪の毛に見えるような物体でありさえすれば、充分に事足ります。例えば、黒い毛糸を束ねたようなやつを頭の後ろに垂らしているだけでもいい。それを燃やせば毛糸の燃えカスが残るかもしれませんが、そんなものは『毛糸のマフラーでも焼けたんだろう』と、そう思われてお仕舞いです。特に不審を呼ぶこともないでしょう」

鵜飼の説明に、砂川警部も「なるほど、それもそうだな」と頷くしかなかった。

こうして鵜飼は、赤いドレスの女が辰巳千昭の生み出した架空の存在であることを実証した。ドレスの女が実在しないのなら、アパートの前にいた豆腐売りの青年が、その姿を目撃していないのも当然のことだ。だが彼の推理が事実だとするならば、そこから導かれる結論はひとつしかない。朱美はそれを口にした。

「二〇四号室にいたのは、辰巳千昭がただひとり。ということは、辰巳千昭を殺したのは、辰巳千昭自身ということね」

「そうだ。あたかも辰巳が赤いドレスの女に刺し殺されたかのように、巧妙に仕組まれてはいるが、実態は単なる自殺に過ぎない。辰巳は部屋に火を放った直後、自らベッドの上に横たわり、ナイフで自分の胸を刺したんだろう」

「じ、自殺だと……」砂川警部は唸るようにいった。「ううむ、そうだったのか！」

一同の間に重たい沈黙が舞い降りた。誰もが真剣な表情で、辰巳千昭の死の真実を受け入れようとしている。ただし流平だけは、その奇抜すぎるファッションのせいで、ひとりふざけているようにしか見えない。せっかくの緊張感がコイツのせいで台無しである。

「でも、動機はなにかしら。辰巳千昭が自ら命を絶つ理由は？」

朱美の問いに、鵜飼はゆっくりと首を左右に振った。

「そんなのは、死んだ当人にしか判らないことだ。僕らは想像するしかない。だがまあ、女性としての肉体を持ちながら男性としての暮らしを送っていた人だ。いろいろ生きづらい部分もあったんだろう。おまけに辰巳はつい最近、好きな女性に告白して、手ひどくフラれるというショックな出来事を経験したらしい。そのことが辰巳の自殺を後押ししたことは間違いない。そのことは辰巳が、髪の長い長身の女を殺人犯にでっち上げようとしたことからも判る」

「水原沙希のことね。そっか、辰巳千昭は自分をフッた憎らしい彼女に殺人の濡れ衣を着せようと考えた。それでこんな奇妙な自殺を計画したってわけね」

腑に落ちたとばかりに頷く朱美。だが、そのとき部屋の片隅から抗議の声があがった。

「それは違います、探偵さん」

一同の視線が声の主に一斉に集中する。そこに立つのはもうひとりの長身の女性だった。千葉聡美。いままで解決の現場にいながら、ひと言も発する機会のなかった依頼人だ。鵜飼はそんな彼女に尋ねた。

「千葉さん、違うとおっしゃいましたが、なにが違うのですか」

「辰巳さんが、水原さんに殺人の濡れ衣を着せようとしていた、という点です。確かに辰巳さんにも悪意はあったと思います。どうせ死ぬなら、自分をフッた女に最後の仕返しをしてやろうというような、そんな陰湿な考えが多少は。でも、それがこの事件の目的ではありません。辰巳さんの真の目的は、あくまでも自分の死が殺人事件と見なされること。そこにありました。赤いドレスの女をでっちあげたのも、これが殺人であることを印象付けるためです。だって、単なる自殺では、保険金が下りないじゃありませんか！」

叫び声をあげるような千葉聡美の告白。再び一同の間に深い沈黙が舞い降りた。

「ということは、辰巳千昭さんが目論んだのは保険金詐欺。そして千葉さん、あなた自身その協力者であったということを、認めるんですね？」と、なぜか流平が尋ねた。

流平君、よくその恰好でこの重要な場面に入ってこられたわね！　朱美は心底呆れた。

だが、千葉聡美は気にも留めない様子で、自らの告白を続けた。

「ええ、そうです。辰巳さんの狙いは自殺を殺人に見せかけることにより、自分の年老いた両親に保険金を残すことにありました。その相談を持ちかけられたわたしは、辰巳さんに同情し、その計画を手伝うことにしたのです。もちろん、けっして善意だけで協力を買って出たというわけではありません。わたしはわたしで、辰巳さんからそれなりの報酬をいただく約束をした上で協力したのです」

「…………」朱美は千葉聡美のいわんとすることが理解できなかった。「えーっと、具体的にいうと、千葉さんはこの事件の中で、どういう形で辰巳さんを助けたんですか。ドレスの女の正体は、辰巳さん自身だったわけですし、ほかに役割というと……」

「おや、まだ判ってなかったのかい、朱美さん？」

鵜飼は意外そうに首を傾げ、千葉聡美を指で示した。「彼女の役割は探偵の依頼人になること。そして、その探偵に辰巳千昭という人物の見張りをお願いすることだったんだよ」

「あ、そーいうことか……」

ここに至って朱美は、ようやく自分たちの役割を悟った。朱美を含めた探偵事務所の面々は、辰巳千昭の奇妙な自殺のために、わざわざ準備された目撃者だったのだ。

千葉聡美は鵜飼に向かって説明した。

「辰巳さんの計画には、空き家の物干し台から二〇四号室を見張ってくれる目撃者が、どうしても不可欠でした。そこでわたしは鵜飼探偵の評判を聞きつけ、この人こそが恰好の目撃者だと思い、探偵事務所を訪れたのです。探偵さんは、わたしや辰巳さんの狙いどおり、あの物干し台から二〇四号室を見張ってくれました」

「もしも、僕が別の場所から見張ろうとした場合は、どうする気だったのです？」

「そのときは、わたしが物干し台からの見張りを提案するつもりでした。それでも駄目な場合は、別の目撃者を仕立てるまでです。でも、実際にはわたしが提案するまでもなく、探偵さんは自らの意思であの物干し台からの見張りを始めましたけどね」

「確かに、あの物干し台は、見張りにはおあつらえ向きに見えましたからね」

そういって鵜飼は肩をすくめると、朱美に向かい自嘲的な台詞を呟くのだった。

「結局、僕らは辰巳千昭の書いた台本の上で踊らされていたってわけだ……」


こうして辰巳千昭の不可解な死の謎は、鵜飼の推理と千葉聡美の告白によって解かれた。

事件の説明を終えた鵜飼は、あらためて砂川警部に尋ねた。

「ところで、警部さん、僕の依頼人はなんらかの罪に問われるんでしょうかね？」

「正直、よく判らん。こんな自殺は過去にも聞いたことがないんでね」

砂川警部は両手を広げて困惑の表情だ。「他人の自殺を助けたんだから自殺幇助（ほうじょ）かな。いや、それとも保険金目的の詐欺罪か。——まあいい。おい、志木、とりあえず彼女を署までお連れしろ。詳しい話を聞かせてもらうとしよう」

志木刑事が千葉聡美の肩に手を置く。千葉聡美はうなだれるように頭を下げた。

そんな彼女に、朱美は気になっていた質問をぶつけてみる。

「ねえ千葉さん、あなたが聞いた『鵜飼探偵の評判』って、どういう評判だったの？」

すると千葉聡美は申し訳なさそうに身を小さくしながら、こういった。

「実は、その……『烏賊川市でいちばん迂闊な探偵』それがわたしの耳にした評判でした。だからわたしは、この計画の目撃者にはピッタリだと判断したのですが」

失敬な！　と朱美の隣で探偵は不満げに呟く。

そんな鵜飼に対して、千葉聡美は薄らとした微笑みを向けた。

「でも探偵さん、案外鋭いところもあるのですね。どうやら、わたしの見込み違いでした」

すべての出来事を謝罪するかのように、深々と一礼する千葉聡美。

すると鵜飼は「なに、たまたまですよ」といって、照れくさそうに頭を掻くのだった。

解説――私の嫌いな東川篤哉

黒田研二（作家）

東川篤哉から「文庫本の解説を書いてほしい」との依頼が舞い込んだ。アイドルの追っかけばかりに夢中になり、そのせいでいつも金欠である僕を助けてやろうと思ってくれたのかもしれない。これは願ってもないチャンスだ。僕は彼が憎くてたまらない。この解説で罵倒しまくれば、人気絶頂の彼を地の底へと叩き落とせるかも。ふっふっふっ、恩を仇で返してやる。覚悟しておけ！

まずは、僕がなぜこんなにも彼のことを憎んでいるか、説明しておく必要があるだろう。とにかくひどい男なのだ。きっと、あなたも同情してくれるに違いない。

僕と東川篤哉にはなにかと共通点が多い。年齢もほとんど変わらなければ、光文社の公募アンソロジー『本格推理⑧　悪夢の創造者たち』（光文社文庫）で初めて作品が活字になったことも同じ。その後、僕は二〇〇〇年に講談社ノベルスから、彼は二〇〇二年にカッパ・ノベルスから本格デビューを果たしている。一部の人には評価されながらも、まったく売れなかった点までよく似ていた。住んでいる場所は遠く離れていたが、彼も僕も本格ミステリ作家クラブ（詳細は後述）の執行会議メンバーだったため、たびたび顔を合わせては、「売れないねえ」「売れないなあ」と現状を憂い合った。その一方で、おたがいほとんど変わらぬ状況であることに、ほっとしていたのも事実だ。

それがそれがそれがである。数年前のある日あるとき、それまでほとんど変わらぬ境遇だった二人の作家に、大きな隔たりが生じる。

「最近、どうですか？」

あまり定かな記憶ではないが、確か某出版社主催のパーティーへ向かう道中だったと思う。彼とばったり顔を合わせ、僕はいつもと同じ質問を投げかけた。べつに、本気で彼の近況を知りたかったわけではない。大阪商人の「儲かりまっか？」「ぼちぼちでんな」と同じで単なる挨拶のつもりだった。当然、「相変わらず売れなくて……」という答えが返ってくるとばかり思っていたのだが、このときは違っていた。

「それがね……なぜか売れちゃってるんですよ」

自分自身、なんで売れてるかよくわからないといった表情で、彼は答えた。あの怪物的ベストセラー『謎解きはディナーのあとで』（小学館文庫）が発売された直後の出来事である。その時点ですでに三、四万部売れており、もうそれだけで「ほえぇ」と驚いたことを覚えているが、まさかその後、百万部を超えるベストセラーになるなんて！　きいっ！　そのあとの東川篤哉の大活躍は、皆様ご存知のとおりである。

本格ミステリ作家クラブは年に一回、優れた本格ミステリ作品を選出し、このジャンルを盛り上げていこうという目的で作られた団体だ。僕も彼も、デビューして間もなく入会し、気がつけば会を取り仕切る執行会議メンバーになってしまっていた。決して、有能だから選ばれたわけではない。二人ともたいして売れず暇そうにしていたから、こき使いやすいと思われただけなのだろう。

本格ミステリ作家クラブには「執行会議メンバーに選出されると売れる」というジンクスがある。いや、僕が勝手にそう思っているだけなのだが、あながち間違いではなかった。歌野晶午（うたのしょうご）氏の『葉桜の季節に君を想うということ』（文春文庫）、乾（いぬい）くるみ氏の『イニシエーション・ラブ』（文春文庫）がベストセラーとなったのは、共に彼らが本格ミステリ作家クラブの執行会議メンバーに選ばれたあとのことだ。きっと本格ミステリの神様が、本格ミステリの発展に力を注ぐ者に恩恵を与えているのだろう。そして東川篤哉もその一人に選ばれ、ジンクスはますます否定しがたいものとなった。とはいえ、どんなことにも例外はある。執行会議メンバーを十年以上務めながら、いまだブレイクしない男が約一名。

……僕のことだ。
彼が一躍人気作家の仲間入りを果たしたことで、僕の嫉妬の炎はめらめら燃え上がった。それまでの境遇が似ていたからなおさらだ。「おめでとう」と笑顔で祝福しながらも、内心は（チクショー、やられた！）と荒れまくる。あまりの悔しさに下唇は腫れ、奥歯はすり減った。（この裏切り者が！）と妄想の中で何度も彼を殺しつつ、でも実際に顔を合わせたときは、「よっ、大先生！」とおべんちゃらを口にし、「えへへへ。なにか美味しい話がございましたら、ぜひ私にもおこぼれを」とぺこぺこ頭を下げ続けた。……あらためて文章にしてみると、サイテーだな、俺。ひどいのは、彼じゃなくて僕のほうだ。こんな男には本格ミステリの神様だって微笑むはずがない。東川篤哉は売れっ子作家になった今も、昔と変わらず気さくに接してくれる。ホント、いい人なのだ。……あれ？

　チクショー。東川篤哉の人柄を否定することが難しいならば、作品を罵倒するしかない。あなたが手に取ったこの小説、とにかくひどいのである。

　本書『私の嫌いな探偵』は烏賊川市シリーズ七作目、前作『はやく名探偵になりたい』に続く第二短編集の文庫化だ。これまで比較的影の薄かった美貌のお金持ち――二宮朱美を主人公に据え、探偵との恋愛ドラマ的展開を予感させたことにより、『謎解きはディナーのあとで』で東川篤哉を知った読者が、わらわらとこのシリーズにも群がったのではないだろうか。『私の嫌いな探偵』というタイトルが、またいかにも「あ、あたしべつに、あんたのことなんて好きでもなんでもないんだからね！」と顔を赤くしながら強がっているツンデレな女の子を想像させる。なんていやらしい戦略なんだ！　実際、本シリーズはその後、剛力彩芽と玉木宏の主演でドラマ化された。北川景子の次は剛力彩芽だって？う、羨ましすぎるだろ、おい。ミーハーな僕だったら、原作者特権をフル活用して主演女優に近づいていくに違いないのだが、東川篤哉という人物は決して浮き足立ったりしない。なんせ、北川景子との対談を「分不相応だから」と断った男である。ば、馬鹿野郎！　なんてもったいないことを……。

『謎解きはディナーのあとで』の大ヒット以降、彼はものすごいペースで短編を書き続けてきた。これだけたくさんの短編を書いてくれれば、当然質も落ちるだろう。本書がよい例だ。「二〇四号室は燃えているか？」の単純ながらも衝撃的なトリック、「烏賊神家の一族の殺人」の意外すぎる盲点、「探偵が撮ってしまった画」は超古典的トリックを奇天烈な見せ方で斬新なものにしているし、「死者は溜め息を漏らさない」は真っ当な論理から唖然とする真相を導き出すそのギャップが面白い。中でもとくに素晴らしいのが「死に至る全力疾走の謎」。不可解すぎる数々の現象が、ぴたりとひとつに重なる瞬間はとても美しく、読了後はまたもや奥歯がすり減った。

……あれれ？　どれもこれも面白いじゃん。ちなみに先述したドラマ版では、「死に至る全力疾走の謎」や「二〇四号室は燃えているか？」の衝撃的な真相を映像で楽しむことができる。ぜひ、こちらも併せて楽しんでいただきたい。

烏賊川市シリーズは現在も継続中。「烏賊神家の一族の殺人」に突如登場し、探偵役をかっさらっていた謎のゆるキャラ「剣崎マイカ」は、「ゆるキャラはなぜ殺される」で再び活躍する。この作品は第六十八回日本推理作家協会賞短編部門の候補にもなっており、今後もまだまだ東川篤哉の躍進は続きそうだ。

ちょっと待て。彼を陥れるつもりでこの解説を引き受けたというのに、いつの間にか褒めちぎっちゃってるじゃないか。人柄もよし。作品もよし。貶すところがなにも見つからない。うーん、東川篤哉、恐るべし。

こうなったら、作戦を変更するしかないだろう。彼にはもっともっと活躍してもらって、都内の一等地にマンションを建ててもらう。そして、僕はそこに移り住むのだ。人のよい彼なら、家賃を滞納しても大目に見てくれるはず。僕が仕事に行き詰まったときは、きっと相談にのってくれるに違いない。たまには高級な酒や美味しいディナーを奢ってもらおう。まさに、鵜飼杜夫(うかいもりお)と二宮朱美的な関係。きっと楽しいだろうなあ。というわけで東川さん、ぜひとも前向きにご検討ください。……え？　おまえ、ホントは東川篤哉のことが大好きなんだろうって？　そ、そんなことないもん！　あたしべつに、あいつのことなんて好きでもなんでもないんだからね！

初出

死に至る全力疾走の謎　「宝石　ザ　ミステリー　小説宝石特別編集」（二〇一一年十二月）
探偵が撮ってしまった画　「ジャーロ」四十四号（二〇一二年四月）
烏賊神家の一族の殺人　「ジャーロ」四十五号（二〇一二年七月）
死者は溜め息を漏らさない　「宝石　ザ　ミステリー2　小説宝石特別編集」（二〇一二年十二月）
二〇四号室は燃えているか？　「ジャーロ」四十六号（二〇一二年十二月）

二〇一三年三月　光文社刊

光文社文庫

私の嫌いな探偵
著者　東川篤哉

2015年12月20日　初版1刷発行
2021年1月30日　2刷発行

発行者　鈴木広和
印刷　萩原印刷
製本　ナショナル製本

発行所　株式会社　光文社
〒112-8011　東京都文京区音羽1-16-6
電話（03）5395-8149　編集部
8116　書籍販売部
8125　業務部

ISBN978-4-334-77207-9　Printed in Japan

組版　萩原印刷

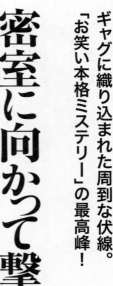